Sombras azules
Samuel Rivera

I0649117

Sombras azules
Samuel Rivera
Primera edición, 2021 ©
Revisión y corrección de texto: Óscar Estrada y Dennis Arita
Diseño de Portada de Knny Reyes©
Diagramación de Casasola Editores
124 páginas, 5" x 8"
ISBN-13: 978-1-942369-59-2
ISBN-10: 1-942369-59-X
Derechos Reservados Casasola Editores, 2021

casasolaeditores.com

Sombras azules

Samuel Rivera

www.casasolaeditores.com

A veces se pierde de vista una realidad que socialmente existe y es parte de nuestro día a día: el ser humano que está a nuestro costado.

Este libro es para
todos aquellos que sueñan
con obtener la verdadera libertad

Dedicado a los que amo sobremanera:

Karina Rivera, mi esposa, por su talento como mamá, su fuerza como mujer, su apoyo incondicional a mis sueños y su encanto.

Amaris, mi hija aliada en lo que llamamos *ink addiction*.

Alanie, mi hija aliada en el gimnasio y los deportes.

Ademar, mi hijo aliado en jornadas de tenis y Fifa.

Y para quienes son mi alegría familiar:

Mi madre Ana María, mis hermanos Dennis Iván y Karen Natalie y mis sobrinos Mia y Paolo.

ÍNDICE

PROLOGO

Ingresar en el mundo del cuento, es navegar dentro de un estilo con pautas muy bien definidas donde no solo se necesita establecer un escenario, un tema en concreto y a su vez darle vida a cada uno de los personajes a través de la descripción de ellos para la conformación de los diálogos, que a la postre serán el sustento de la narrativa.

Es allí donde el periodista y escritor Samuel Rivera vuelca toda su experiencia en las comunicaciones para tratar un tema tan delicado como es la inmigración, y lo hace de una forma muy sutil, donde cada una de las situaciones están literalmente ligadas a la realidad, por lo que se nos hace muy simple como lectores, vernos inmersos en cada uno de los cuentos, dado que de forma directa o indirecta somos parte de esas historias que también nos pertenecen.

Sombras azules cuenta con una doble particularidad en la estructura de cada cuento, primero porque es totalmente diferente uno del otro, y segundo por estar precedidos de una frase a modo de introducción, lo que nos hace esbozar una idea de lo que vamos a leer y que finalmente nos termina cautivando, dado que Samuel apela a una gramática directa, sin caer en el abuso de los adjetivos, utilizando la metáfora de modo ecuánime, y a la hora de las descripciones ha sabido cuidar hasta el más ínfimo detalle, y es allí donde nos convence que somos parte del relato.

Es muy interesante el poder de observación de Samuel

Rivera a la hora de darle vida a cada uno de los personajes que conforman esta obra, dado que en un momento de nuestras vidas nos hemos cruzado con ellos no solo en nuestras tierras de origen, también en esta patria colosal al norte del Rio Bravo, donde seguimos conviviendo con los recuerdos del pasado, tales como esas tardes en el malecón, las casas de Guatemala o las callejuelas del Perú, por citar algunos de los lugares que asoman en estas páginas.

El libro en cuestión resulta por demás interesante, dado que la realidad de la inmigración se impone sobre la fantasía de crear historias, donde el autor exhibe hechos de cotidianidad que en más de una ocasión hemos sido testigo de ello, pero que quedan registrados en este libro para el deleite de todos.

Sombras azules es sin duda un excelente compendio de cuentos, con toda la impronta de un escritor que ha sabido canalizar toda su experiencia periodística para dar vida a una obra amena, valiente y exquisita.

Sin más preámbulo, solo resta disfrutar de las páginas que siguen.

Carlos Mazzeo
Escritor Uruguayo

EL MURO

"Juventud es pasión, esperanza, audacia, autoexigencia, aceptación del riesgo, elección de la cuesta arriba. Y luz en la mirada".

J. L. Martín Descalzo

Era una especie de caminante deteriorado.

Hubiera sido mejor quedarse en casa con el celular en la mano, esperar la llamada de ella. Salir así al viejo parque Azul, pensó mientras giraba en la cama sin poder dormir. Consideraba que estar en esta ciudad era lo peor que le había pasado. Por algo se llamaba Infiernillo. Y, contrario al calor que representaba el nombre, había un crudo invierno acompañado de una humedad asesina.

—En el parque Azul, el sol brilla —pensaba—, y en compañía de ella es más cálido.

Aquella noche llovió intensamente. La casa vieja con ventanas pequeñas que a la distancia parecían puntos en medio de un universo. Las tejas desteñidas por la lluvia formaban dos aguas de inmensos chorros cuyo sonido no lo dejaba dormir.

Retumban en mis oídos como el choque de dos metales, se decía. ¡Retumban muy fuerte!, pensaba al dar vueltas sobre la cama.

Allí, acostado, pensó en su pasado. Los años de niño engreído regresaban cual milimétrica fotografía. Las escenas que le hacía a su madre, esos logros con berrinches y lloriqueos.

Sus amigos, que influyeron en su forma de pensar. Aquellos juegos mortales de niños audaces, capaces de trastocar lo efímero de la vida y vulnerar lo trascendental de sí mismo.

¿Vale la pena ser como soy?, pensó mientras miraba atentamente la pistola que la tía Flora le había regalado para Navidad. Tienen balines que parecen balas de plata, se dijo.

—¡Despierta, Rodolfo! Vienen por ti los ángeles vengadores. "Combat" es lo que quieren. Vamos, hazlo, eres el mejor: destruye, mata, aniquílalos… Tú puedes.¡Hazlo! —gritaron todos.

Sus amigos sabían que Rodolfo era una marioneta fácil de manipular.

Un nivel más y seré el mejor —se dijo Rodolfo, casi murmurando, mientras se preparaba para lanzar una bomba más en el juego—. Se acabó. Ya no hay más naves. Ganaron los ángeles vengadores.

Los muchachos ya no están. Rodolfo está solo. Los amigos se fueron, lo abandonaron. Murió solo.

Tonto útil. Así creció, manipulable. Influencia de muchos, personalidad minimizada.

Hasta que se libró. Por fin fue él.

Fue un nacimiento tardío. En la universidad, las experiencias fueron definitivas.

Rodolfo volvió por unos momentos a las aulas y a ese olor a libros añejos. La educación es grata cuando la usas para dominar, pensó.

—Existen fantasmas de la intolerancia. Uno de ellos es el austriaco Joerg Haiter. Para muchos es un demonio. Se ha convertido en un líder supremacista blanco de ultraderecha y su partido está plagado de poder —dijo Rodolfo, un poco enfadado.

—¿Quién es Haiter? —replicó Pocho Bermúdez mientras revisaba su libro *Cállate si no sabes responder*—. A mí me jode que en estos tiempos de diversidad haya aún líderes políticos que disfrutan de la persecución contra las minorías étnicas.

—¡A quién le importa ese supremacista blanco del milenio! Ya lo dijeron algunos periódicos: "es un tipo loco y desahuciado" —levantó la voz Julián Granados.

—¡Loco racista! —dijo Rodolfo al cerrar el libro que estaba leyendo.

—¿Pero qué tan real es "la amenaza Haiter"? —preguntó, un poco preocupado, Pocho Bermúdez.

—La gran pregunta es si Haiter realmente merece que la prensa le dé tanta importancia, cubriendo sus anuncios y poniéndolos de manera viral en las redes sociales, o es que se trata sólo de un charlatán. Fuera como fuere, lo que sí realmente preocupa es el encumbramiento de este líder supremacista blanco en la democracia más representativa del mundo —acotó Rodolfo.

—¡Es cierto! —dijo, ya algo calmado, Pocho Bermúdez—. Aunque estos tipos de líderes supremacistas no muestran un rostro abiertamente racista, sus propuestas para tratar la "cuestión" de los inmigrantes ya les han costado la fama bien ganada de racistas y xenófobos.

—Te das cuenta —interrumpió repentinamente Julián—. Son bien astutos estos ultraderechistas. Ante la opinión pública muestran una cara democrática que se traduce en manifiestos anodinos que no dicen mucho, como puede apreciarse en la propia página del partido que lidera Haiter, el partido Liberalista.

—Sí la vi, pero nunca me llamó la atención, salvo lo que se aprecia en el extremo de esa página donde se ubican los *skinheads,* quienes sí exhiben un nazismo militante, un odio descarado por los inmigrantes —dijo Pocho Bermúdez.

—Y una sólida convicción de que la raza blanca es, sin lugar a dudas, la superior —concluyó acertadamente Rodolfo.

—¡Malditos *skinheads*! Yo los aniquilaré. Si tan sólo tuviera la oportunidad de encontrarme con uno de ellos, lo haría polvo. ¡Malditos cabezas rapadas! A mí nadie me margina —renegaba Bermúdez— y mucho menos me trata como un "latino barato".

—Tranquilo. Ya te quiero ver cuando te cruces con uno.

Temblarás de pies a cabeza y mojarás los pantalones. Te acordarás de mí, cobarde —le reprochó Rodolfo.

La computadora seguía navegando por el espacio informático.

—También hay fanáticos que han llevado el asunto al nivel de guerra santa —explicó Julian Granados sin dar mayores detalles—. ¡Realmente es una cosa de locos y esquizofrénicos sociales!

—Un momento, ¿qué quieres decir? —cuestionó Bermúdez.

—Pareces un neófito en el tema. ¿Qué te pasa, Bermúdez? En Estados Unidos de Norteamérica, los movimientos racistas, neonazis y de supremacía no dejan de operar en la sociedad…

—¿Qué te parece si mandamos mensajes delatando a estos grupos por las redes sociales? —propuso Rodolfo.

—No te entiendo. Lo que estás leyendo es de conocimiento público a nivel mundial. Sabes que uno de los líderes supremacistas tiene un nombre bien latino. Es más, es de origen mexicano y se llama Miguel Sudaca —replicó inmediatamente Granados.

Una pintoresca carcajada retumbó en el salón.

—¡Qué idiota! ¿El nazi y racista tiene ese apellido? Apellidarse Sudaca sí es un castigo para un racista —sentenció Pocho.

—Vamos, muchachos, no lo condenen por un apellido. Finalmente qué culpa tiene de que sus padres lo hayan engendrado —precisó Rodolfo.

—Oye, Rodolfo, realmente estoy asustado. Hace poco, Nueva York fue testigo de un brote espontáneo de violencia racial en El Bronx, donde se volcaron a las calles para apalear, saquear e insultar a los inmigrantes luego de que se difundiera una noticia de que dos mujeres americanas habían sido violadas por jóvenes de origen latino —dijo Julián.

Las noticias a las que Julián se refería informaban que dos jóvenes de origen mexicano serían los responsables de la violación. El máximo líder de los supremacistas dijo en televisión pública que los inmigrantes "habían venido a violar, matar, traficar drogas y que los que llegan al país son lo peor de Latinoamérica".

—Así es el fantasma de la intolerancia —dijo Bermúdez—. Existe todos los días y por ahora no tiene ganas de desaparecer…

Rodolfo volvió de sus recuerdos, se concentró en las gotas de lluvia que rebotaban en las tejas despintadas. Quería dormir, pero la temperatura bajo cero grados no lo dejaba.

—¡Qué frío! —exclamó—. Estas frazadas no bastan. Y pensar que el parque Azul es tan cálido. ¡Qué frío! —volvió a decir, casi tiritando incesantemente mientras sus ojos buscaban la estufa para prenderla y obtener más calor en la vieja casa ubicada en el barrio de inmigrantes llamado La Esperanza, muy cerca de la frontera con Estados Unidos de Norteamérica.

Mañana hay que levantarse temprano para ir a los campos y realizar la cosecha, pensó.

FLASHBACK

"Un fracasado es un hombre que ha cometido un error y no es capaz de convertirlo en experiencia".

E. Hubrard

La luz de la luna llena mostró a los dos hombres a lo lejos que, protegidos por un vidrio, observaban y hablaban.

—Allí va de un lado a otro, como un animal rabioso viviendo en el raído borde marginal de la humanidad —dijo el especialista en psicología que había venido a analizar el caso.

—Desde hace mucho tiempo deambula —acotó Fermín, el encargado de llevar flores y cuidar del centro de reuniones de abogados y clientes.

—¿Y sus padres? —cuestionó el psicólogo.

—Presumimos que cruzó solo. Me imagino que lo abandonaron en la travesía. Pobre joven. En el fondo es un buen tipo —dijo, algo preocupado, Fermín—. Dicen que le gustaba pescar.

—¿Desde cuándo está así?

—Un día estaba en el comedor y de pronto comenzó a gritar y llorar, lanzó platos y volteó las mesas. Vinieron los encargados de seguridad y lo golpearon, incluso le dieron un disparo con una pistola eléctrica para poder controlarlo. Estaba fuera de sus cabales.

—¿Él? —interrumpió el psicólogo.

—No, la seguridad —afirmó—. No era para tanto. Si hubieran hablado con él, lo podrían haber tranquilizado. Pero no lo hicieron. Usaron el camino más rápido y fácil. Al muchacho lo ha poseído el diablo, dijeron, pero eso es un invento —finalizó Fermín a la vez que se santiguaba.

—¡Es increíble! —atinó a decir el psicólogo mientras pensaba cómo resolver el caso que tenía frente a sus ojos.

—Sabe, doctorcito, aquí no hay lugar para hombres como él. No hay hospital psiquiátrico en la ciudad. Ni asilos, si es que lo liberan. Su abogado parece no estar haciendo nada por él. El otro día se puso a hablar solo. Decía que estaba conversando con los muertos —dijo Fermín, santiguándose por segunda vez.

—¿Habla con los muertos? —preguntó el doctor—. ¿Tú lo has escuchado?

—¡No! Siempre que vengo a verlo, se comporta como una hiena. Camina errante por el patio. Ya ve, su único refugio es su celda que está a la izquierda —dijo Fermín mientras señalaba el lugar con el dedo índice.

—Ah, ya veo. ¿Conoces su celda? ¿Entraste alguna vez?

—¡No! Jamás entraría allí. Conversa con los muertos

—repitió Fermín mientras se santiguaba por tercera vez.

—¡Debe ser alucinante conocer a sus amigos, los muertos! —exclamó el doctor.

—¡Usted sí que está loco, doctorcito! —precisó Fermín—. Mire su cabello, está enredado y sucio. Su cuerpo tiene cicatrices alrededor de las muñecas y los tobillos, donde los grilletes y cadenas trataron, una vez, de sujetarlo inútilmente. Su maciento cuerpo está cortado por el castigo que él mismo se ha infligido con las piedras.

—Casi no queda vestigio de humanidad en él —añadió el psicólogo.

—¿Cómo es que llegó a quedar tan desfigurado y maltrecho? —se preguntó Fermín.

—¿Cómo es que llegó a ese estado? —preguntó el especialista.

—¿Por qué eligió cómo compañía a los muertos? —preguntó Fermín a la vez que miraba al doctor, deseando obtener respuestas concretas.

—Bueno, definitivamente su vida cayó en una especie de abismo donde no hay recuerdos del pasado ni esperanza del futuro. Sólo existe tortura del presente, una pesadilla de desencadenado terror —respondió el psicólogo.

Sebastián García tenía 21 años. Para muchos, era una criatura que solo se podía encontrar en la peor pesadilla. Era un hombre a merced de la desesperación. Por eso cometía actos violentos contra él mismo y contra los que se acercaban a él.

Un grupo de agentes de seguridad vino del otro lado de la ciudad. El viaje fue muy cansado por el viejo puente fronterizo. El capitán Bardón, ni bien arribó, vio a aquel hombre de ojos desorbitados.

Corrió a su encuentro. Cruzaron palabras al oído, susurrándose. Quizá uno amenazaba al otro. Nadie podía saberlo.

—Levántate —dijo el capitán Bardón—. No es necesario que hagas eso.

Y es que el joven Sebastián estaba arrodillado ante los pies del jefe de la patrulla fronteriza, como pidiendo clemencia.

—¿Qué tienes contra mí? —preguntó entre quebrantos el joven—. ¡No me atormentes! —gritó.

—¿Cómo te llamas? —increpó el capitán Bardón.

—Sebastián García —respondió—. Por favor, déjame estar aquí, no me eches al otro lado de la frontera.

Por un instante, los policías fronterizos que escoltaban al capitán Bardón temieron por su vida. No estaban equivocados en sus temores. Al fin y al cabo, para la patrulla, el joven García era de mucho cuidado.

El capitán Bardón era un hombre de edad avanzada, considerado por su pelotón como un superhéroe. Cierta vez, cuenta la leyenda, el vetusto capitán Bardón se salvó de un naufragio en el centro del océano Pacífico. Estuvo nadando veinte noches y veintiún días hasta que apareció tirado en la playa de una isla paradisiaca. Allí conoció a Amanda, su actual mujer, con la que tenía tres hijos.

Ahora, el mayor de sus hijos, Rafael Moreyra, estaba con él. Su hijo temía lo peor, por eso se mantuvo expectante ante un eventual ataque de Sebastián contra su padre. A la mente de Rafael vino la lección de historia que su papá le había contado, allá por los años de juventud, donde le explicaba que, en la Roma antigua, los que no eran del imperio eran considerados esclavos y que en su país los que cruzaban la frontera ilegalmente debían ser tratados como invasores.

—Es formidable —pensó Rafael—. El capitán Bardón, mi padre, es sorprendente. Toda esa fuerza rebelde se intimida ante él.

El ambiente era siniestro y presagioso.

Frente a ellos se levantaban altos riscos de piedra caliza. Pero sus ojos en ningún momento se posaron sobre el espectacular escenario de la naturaleza. Más pudo con su atención el joven Sebastián.

El pelotón, con Rafael Moreyra a la cabeza, dio un paso atrás para protegerse del tempestuoso encuentro entre el capitán Bardón y el inmigrante. El capitán Bardón se mantuvo valerosamente firme. Se adelantó al pensamiento y a cualquier actitud del joven y le extendió la mano. Sebastián se arrojó a los pies del capitán y su grito encontró eco en las rocas de los riscos.

—¿Qué tienes contra mí? —volvió a exclamar—. ¡No me atormentes! —repitió a gritos.

—Solo quiero darte mi amistad —dijo el capitán con voz tierna, casi susurrando.

Bastó esto para que Sebastián sintiera libertad. Era un

marginado de la sociedad y aquel hombre que entendió lo que sufría le dio una razón para seguir viviendo.

El suceso emocionó a todos. Pero había una mujer que a la distancia gritó, ante la sorpresa de las multitudes, que la patrulla fronteriza debía irse del lugar.

—¡Eres un farsante! —exclamó a todo pulmón—. Lo que realmente quieres es deportarnos a todos —alertó.

Nadie le hizo caso.

—¡Ya vienen otra vez por nosotros!

—Hey, muchacho, cierra el portón —dijo un señor vestido de traje blanco.

Lentamente, las dos puertas de metal macizo se unieron a espaldas de Fermín y el psicólogo. Un cartel dejaba leer el nombre del recinto: "Centro de detención fronterizo de inmigrantes".

MIRADA PASAJERA

"Quiéreme cuando menos lo merezca porque será cuando más lo necesite".

Doctor Jekyll

La copiosa lluvia y el hambre hicieron que entrara en busca de refugio. Un cigarrillo para calentar la fría y húmeda noche, un humeante plato de comida y un buen mate para saciar el apetito.

Entrar en esta rústica cabaña fue más que acertado, se dijo a sí mismo.

Bajó al bar. Decidió beberse un tequila, calentar la garganta y luego marcharse.

—Son veinte dólares —le dijo el barman.

—¿Por un simple tequila? —preguntó en tono de queja.

—Son veinte dólares —repitió el barman con el ceño fruncido.

El barman movió sutilmente la cabeza y con mirada despectiva le mostró dónde estaba parado el agente de seguridad del bar. Si no pagaba, el guardia se encargaría de cobrarle.

Pagar la cuenta, que era más que excesiva, fue sin lugar a dudas poco placentero. Fue entonces cuando la miró y todo su fastidio cambió de pronto.

Ella estaba sentada en la barra curva del bar, fumando un Marlboro light.

—¡Al diablo con la *femme fatale*! —se dijo.

Para él, no había más personas en ese sótano. Sólo ella y él.

Ella tenía los cabellos alborotados, ondeados, negro azabache. Intensa, exuberante: explosiva. Él quería conquistarla de una vez por todas. Estaba casi loco, desesperado por tanta belleza.

La miró, tratando de llamar su atención. De pronto se encontró con su mirada. Dicen que los ojos son las ventanas del alma. Ellos deberían ser entonces los que hablen. Por la boca es difícil. La lengua es camaleónica, disfraza a través de la palabra la real intención del ser. Recordó así los pensamientos de su amigo Florencio Blanco, un estudiante de filosofía interno en un manicomio por creerse Platón.

Minutos eternos. Miradas cruzadas. Hasta que se animó y le preguntó si ella era del lugar.

Ella le respondió que no. Era estadounidense, de padres cubano-españoles, dijo.

En aquel instante, él entendió su hermosura.

—¿Deseas un vaso de *whisky*?

—No.

—¿Bebes poco?

—*Sometimes.* No sé, tal vez un refresco vendría bien.

—El calor es tremendo aquí.

—Y afuera *it's raining a lot.*

—¿Me acompañas a la barra?

—¡*Sure!*

Esa mezcla de fonemas de inglés y español lo estaba saturando. Le parecía algo raro.

—Es *spanglish* —dijo ella.

—¿Esa mezcla?

—¡*Yes!* Mezclar español e inglés en una conversación.

—*Okay* —dijo él.

Alrededor de ellos, una salsa romántica. Las horas pasaban, eran cada vez menos las personas en el local.

—¿Qué te trajo aquí?

—¡*It's a beautiful* país!

—¡Vamos, o hablas en inglés o hablas en español! —dijo él, algo molesto—. Tu *spanglish* me atormenta.

Luego se sintió mal. Pensó que había sido un poco rudo.

—*Don't worry, I understand.* Trataré de hablar en tu lengua.

—Te lo agradezco, gringa latina. Vamos, dejemos las tonterías infantiles de lado y cuéntame qué es lo que haces aquí.

—Trabajo.

—¿Desde hace cuánto?

—Hace poco. Viajo por todo el mundo.

—Buen dinero el que debes estar gastando.

—¡Me lo merezco! —replicó ella.

—¡Hey, otro vaso de jugo de naranja! Y uno más de *whisky on the rocks*.

Si el romance existe a primera vista, este era uno de esos, se decía él. En el mundo, de seguro, hay muchas mujeres, pero esta es especial.

—Creo que es hora de marcharnos —dijo ella—. ¿Me acompañas a mi hotel?

—¡*Sure*! —dijo él, sonriendo.

Al salir del bar, la lluvia no cesaba.

—Yo quiero hacerte el amor —dijo ella sin tapujos.

—¿No es muy prematuro? —replicó él.

—¿No estás acostumbrado al amor libre? —inquirió ella.

—¿Qué dices? —sentenció él con cierta incomodidad.

—¿O es inadecuado tener sexo conociéndonos tan solo dos horas? ¿Por qué no? —insistió—. ¿Temes que tenga VIH o algo así?

—¡No! No hables incoherencias —dijo él, mirándola profundamente a los ojos.

—Bueno, perdona la exigencia.

—*You mean* insistencia —le dijo él.

Hacerle el amor era algo que a él le carcomía el deseo. Pero la impotencia le carcomía el orgullo. Él lo sabía. Ella no.

Hacía siete años había descubierto que la impotencia era parte de su vida. Durante esos años visitó cerca de doscientos médicos especialistas que no habían podido darle respuestas. Desde muy pequeño temió que algo así le pasaría. Su abuelo le había contado que conocía a un señor muy joven y buen mozo que no podía tener sexo con las mujeres por estar atado a una debilidad en sus genitales. Dormían todo el día. No eran capaces a despertar a los estímulos. Él sabía que le podía pasar algo así y ahora le estaba pasando.

Estar ahora junto a ella le causaba dolor. Él no quería seguir viviendo ese momento.

—Es una pesadilla —se dijo a sí mismo.

Todos los días buscaba estimularse. Pero sus genitales seguían siempre dormidos.

—Parecen muertos o tal vez cansados —recalcó ella.

Él salió de la cama. Miró el paradisíaco lago desde su ventana.

De niño, su papá lo golpeó en los testículos. Él había roto el espejo de la sala que le costó un ojo de la cara a su padre y este, enojado, le pegó una patada en los genitales.

—¡Idiota! —gritó—. ¿Cuándo dejarás de ser torpe?

Él se retorció de dolor en el suelo. Casi había muerto. Según su padre, no era su intención, fue el resultado de su furia. Desde aquel día, estaba seguro, sus genitales durmieron para siempre.

—Quisiera besarte más —dijo ella.

—No...

—*Yes…* Vamos a intentarlo.

—Estás loca.

—Eres poco hombre para intentarlo.

—¡*Shut up*! Soy poco hombre para enfrentarlo, eso es lo que ocurre. Olvídalo, debes irte. Mañana seré historia. Te mereces alguien útil.

—Hasta luego —dijo, y ella se fue.

—*Good bye.*

Afuera seguía lloviendo. El viento golpeaba su corazón.

Si estuvieras aquí,

yo cantaría canciones de amor.

Olvidaría que soy por siempre

prisionero de la soledad.

Si estuvieras aquí,

la noche duraría una eternidad,

pero ya no estás.

Llueve otra vez,

sobre tu recuerdo llueve. Mis sueños son ahora lágrimas

por no tenerte más… ya nunca más.

Por un momento quiso regresar al bar. Buscarla.

Pero volver era retornar a la prisión del amor intercultural.

AMAR A MUERTE

"Todo es posible hasta que se prueba que no lo es; e incluso entonces puede ser imposible sólo en ese momento".

Pearl S. Buck

El Ejército Azul tenía fama mundial de ser devastador. "Donde el Ejército Azul pisa, no crece más la hierba". Ese era su eslogan militar ante el mundo. Atila quedó chico con ellos; hasta su famosa frase la habían robado. Eran malditos como la guerra.

Ya habían pasado tres días desde que estalló la primera bomba en la ciudad. Todos se habían acostumbrado a ver tanto terror. Los corresponsales de guerra tenían muchas fotos. Todas las noches, en el campamento militar se desataba un desorden por el envío de fotografías a través de las redes sociales. Tenían equipos sofisticados, como las armas de los rojos.

Alonso había visto la muerte de cerca, el horror de tanta destrucción humana: odio, rencor, violencia, maldad, lujuria y muerte. Caminar unos cuantos pasos era suficiente para encontrarse con la desolación.

De pronto, algo llamó su atención, un joven ciego que pedía limosnas frente a los escombros de lo que había

33

sido la catedral del lugar. El ciego tenía un cartel colgado de su cuello que rezaba: "No veo ni escucho al mundo, pero mi corazón me dice que tú también sufres. Quisiera ver y escuchar para ayudarte. Yo no sería indiferente a tu sufrimiento".

—¡Hey! —exclamó el joven ciego al sentir, sabe Dios cómo, que Alonso lo estaba observando—. No me mires de esa manera que ahuyentarás a mis clientes.

—Perdón. Fue imposible resistirme a leer el mensaje de su cartel —respondió Alonso, un poco asustado por la tremenda percepción del joven ciego.

Alfonso se preguntaba cómo es que aquel joven se había dado cuenta de que él lo veía.

—¿Me crees? —interrogó el joven ciego.

—¡Claro que sí!

—Aquí todos son indiferentes —precisó con voz cortante—. Todos buscan satisfacer su ego. Sólo les interesa sentir que están bien y punto. Los demás no importan ni existen. Sufrir es, para todos los de aquí, un problema del que lo está viviendo. ¡Son malditos como esta guerra! —finalizó.

—¿Cómo es que sigue con vida? —preguntó Alfonso.

—Aquí muere el que no quiere vivir —respondió, tajante, el joven ciego.

—¿Qué quiere decir con eso?

—Sin guerra, este lugar era un antro de muerte. La guerra no lo ha cambiado en nada. Claro, salvo las balas y los bombardeos. Es irónico, no las veo ni las escucho, pero las siento muy cerquita —explicó el joven ciego—. ¡Aquí muere el que no quiere vivir!

Alonso estaba consternado. El joven ciego sintió eso.

—¡Vamos, muchacho! Ten por seguro que cuando esto acabe me encontrarás en el mismo lugar, tal vez con otro cartel.

Dicho esto, empezó a reír. Por un momento, esa risa sonó diabólica.

¡Maldita ciudad, maldita guerra, maldito tiempo!, pensaba Alfonso mientras caminaba hacia un lugar oscuro y frío como los hombres que hacen la guerra.

Por un momento, su frágil mente fue inundada de gratos recuerdos de sus primeros años, aquellos momentos guardados en lo más profundo de su corazón. Hoy, su dolorido cuerpo extrañaba a sus padres y a sus hermanos. Su mirada estaba absorta en la gente que iba y venía. Tal vez no eran diferentes a las personas que miraba en sus habituales paseos por la ciudad.

Muchas veces, de la mano de su padre solía pasear por Times Square. Eran tan comunes las caminatas por aquella avenida de veinte cuadras. Gente que iba y venía, reía, empujaba, gritaba; niños, viejos, señoras, ladronzuelos, policías, semáforos, cláxones, taxis, luces de neón, autos, motos, limosinas. Desorden, bulla, caos.

Here I am. Broken wings, quiet thoughts. Unspoken dreams.

Here I am. Alone again. And I need to hold my hand.

La letra de esta canción sonaba cada jueves a las cinco de la tarde. La sabía de memoria y la cantaba sin falta cada vez que sonaba.

Sus ojos estaban cada minuto más absortos: hombres grandes con armas pequeñas pero letales. Asesinos acribillan y sonríen, disparan como bocas de dragones.

¿Dónde estoy?, pensaba Alonso.

Dejó correr las lágrimas. Tenía las manos heladas. Era un extraño en medio de tanta gente. La guerra era extraña.

Mientras caminaba con el soldado, recordó el encuentro con su primo. Escondidos en la biblioteca de la enorme casa que su tío Lucas había comprado dos años antes de la guerra. Disfrutaban un videojuego de guerra.

—¿Te has puesto a pensar qué alucinante sería una guerra cuando seamos grandes? —planteó Alonso.

—No quiero ser un soldado y morir en una estúpida guerra —replicó instantáneamente Rubén.

Alonso pensó entonces que su primo era un cobarde y se lo dijo.

—La guerra como un juego está bien. La real es maldita —sentenció Rubén.

Un sórdido diálogo se escuchaba detrás de la puerta. Eran voces que dejaban oír y entender el fastidio por un objetivo no logrado.

—Un millón setecientos cincuenta y seis, un millón setecientos cincuenta y siete, un millón setecientos cincuenta y ocho, un millón setecientos cincuenta y nueve. No basta. ¡No son todos! ¿Dónde están los demás? —exclamó un hombre con voz mortal.

—¡No lo sé, señor! Nosotros cumplimos órdenes. Aniquilar a todos los que se nos crucen.

El descontrol abarcó la pequeña y maloliente sacristía de la iglesia La Encarnación, que fungía de cuartel de tácticas bélicas especiales del Ejército Rojo.

—Un millón setecientos cincuenta y seis, un millón setecientos cincuenta y siete, un millón setecientos cincuenta y ocho, un millón setecientos cincuenta y nueve —volvió a contar, incrédulo, el hombre—. ¡Eran más, estoy seguro! ¿Dónde están? ¡Los encontraré! —gritó, desesperado—. ¡Todos ustedes, fuera de aquí!

Fue la última orden que los soldados escucharon. Su superior se desquitaba la furia con unas copas de cristal.

El mayor Alonso y el teniente Rubén se retiraron, raudos y desconcertados.

—¡Está loco! Matamos a todos. ¿Acaso el general no se cansa de tanta muerte? ¡Está enfermo!

—Una enfermedad de muerte.

—¿Será el fin?

—¿Qué pasa?

—Nada.

—Si pasa algo, no me mientas.

El mayor Alonso viajó mentalmente al pasado. Él y su primo eran de padres inmigrantes. Los de Alonso, guatemaltecos; el papá de Rubén era mexicano. Eran primos por la madre de Alonso. Por casualidad del destino habían nacido en el país del Ejército Azul. Sus padres no tenían los mismos derechos que ellos. Ambos jóvenes eran ciudadanos. Sus padres eran indocumentados.

—Yo creo que si te enlistas en el Ejército podremos conseguir los mismos derechos que tienes y así dejaremos de escondernos —dijo el padre de Alonso.

—Han sido muchos años viviendo en las sombras, hijo —acotó la madre.

—Además, no creo que, si sirves a este país, nos vayan a separar. Si nos atrapan, no creo que nos vayan a deportar —precisó el papá.

—Ya tu primo lo hizo.

—¿Rubén se enlistó? —preguntó, sorprendido, Alonso.

—No quería porque tú sabes que él está en contra de las guerras. Pero lo hizo por sus padres, hijo —replicó la mamá.

Al enlistarse, los soldados que reclutaban a los jóvenes les preguntaron por todos sus datos personales: nombres, apellidos, dirección y nombre de sus padres. Ya habían pasado seis meses desde que iniciaron la vida militar. Entrenamientos bélicos y preparación física con gran intensidad. Ya había llegado la Navidad. La casa de los Guevara era el escenario de cualquier familia reunida para celebrar la fiesta. Los sobrinos de Rubén jugaban en el patio con su tío. La abuela adoraba al más pequeño. El aire que se escapaba por la cerca de madera recién construida de la casa hacía eco de sus risas.

Pero con la alegría de la reunión familiar se mezclaba el sinsabor de saber que, después de las vacaciones, doña Graciela Guevara, de 55 años, tendría que abandonar el país y no porque ella quisiera hacerlo.

Alonso esperaba un milagro, su única opción después de que todas las vías legales para mantenerla en casa se agotaron. Pero él creía que ocurriría antes de que el Buró de Vigilancia de Inmigración y Aduanas la obligara a abandonar el país el 2 de enero.

—El único regalo que queremos este año es que mamá esté aquí —dijo Alonso mientras levantaba su copa para el brindis previo a la cena navideña.

Alonso y Rubén pasarán unos tres días en casa antes de retornar al cuartel. Aún estaba fresco en sus recuerdos el día que llegaron al aeropuerto y un enjambre de abrazos y lágrimas se mezclaron entre todos los familiares que fueron a recibirlos.

—Estoy aquí prácticamente para despedirme de mi madre —dijo, susurrándole a Rubén.

—No pierdas la fe, primo. ¡Se dará el milagro!

Graciela Guevara llegó por primera vez al país del Ejército Azul en 1988. Dos años después fue arrestada en una redada de inmigración en el hotel donde trabajaba cuando tenía unos siete meses de embarazo de su hija menor y se encontró de retorno en Guatemala ese mismo día. Regresó y cruzó nuevamente, ilegal, al país.

Alonso y sus padres esperaban que el gesto de servicio al Ejército Azul traería como retribución que el país permitiera que su madre se quedara y no fuera deportada.

—Me uní para servir al país y mantener a la familia segura —proclamaba Alonso en su improvisado discurso de brindis—. Ahora soy soldado y me enfrento a peligros dentro de mi propia casa —finalizó.

Un grito agónico se escuchó a la distancia. No querían pensar en lo peor, aunque deseaban lo peor. Camino a la barricada de descanso de los soldados, el encuentro se dio. Dos enfermeras corrían con medicinas en la mano hacia el cuartel de tácticas bélicas.

—Te lo dije, Rubén —exclamó el mayor Alonso—. Morirá y todo esto se acabará.

—¡Estás loco! La muerte no muere —respondió el teniente.

—¡Que muera de una vez! —replicó el mayor—. Al diablo con su vida.

—¡Que muera!

Parecía raro escuchar a estos dos seguidores del general hablar de esta manera. Querían que su máximo líder desapareciera de sus vidas. Su venganza ante la deportación de su madre al menos quedaría saldada.

—¡Que sea el fin de su vida! —planteó el mayor Alonso.

—¡No! —dijo inmediatamente el teniente Rubén—. ¡Tenemos que matarlo!

—¡No! —dijo, muy sorprendido, el mayor.

—Solo así pondremos fin a todo esto —dijo el teniente Rubén—. ¿Tú crees que podamos hacerlo?

—Es difícil —se animó a decir el mayor.

—Es viejo y astuto —argumentó el teniente mientras trataba de encontrar su revólver en la gaveta de su escritorio.

—¡No! ¡Es viejo y débil!

—Yo lo haré. Mañana a las tres de la tarde, okay…

Al final de la guardia nocturna en el campamento militar, un grupo de soldados encontró los dos cuerpos decapitados entre unos matorrales de granadilla. Nadie volvería a ver a Rubén y Alonso. Ni su madre, que lloraba pensando en Alonso y sus hijos todas las noches en el patio de su casa de Guatemala, frente a las flores amarillas y las gardenias que había sembrado en su jardín.

ENTRE TRAJES Y ARMAS

"La tragedia de la guerra es que usa lo mejor del hombre para hacer lo peor del hombre".

Harry Emerson Fosdick

"Criminal atentado en la ciudad De la Picota causó ochenta muertos". El titular del periódico La Voz describía en grandes letras de color rojo la maquiavélica acción. Acompañaba la primera página del diario una foto que mostraba de manera descriptiva la desgracia: un grupo de terroristas, los del temible Escuadrón Escarlata o simplemente los EE, hicieron estallar dos autos bomba cargados de dinamita en pleno centro comercial de Buenaventura, uno de los más concurridos aquel domingo en vísperas de Navidad.

—¡Todos con sus documentos en la mano! —exclamó el soldado a la vez que sujetaba el fusil en la mano derecha.

En el autobús público, todos estaban asustados. Por esos días, la detención de ciudadanos era una práctica militar frecuente. Pero el temor no era por esas cotidianas experiencias, sino por el hecho de que si por alguna razón no portaban documento de identidad, te llevaban al cuartel militar y vaya a saber Dios qué podía ocurrir. Desde ser acusados de terroristas y ser condenados a cadena perpetua por traición a la patria hasta ser "desaparecidos".

—¡Todos, hombres y mujeres, tienen que enseñarme su documento de identidad! ¡Los que no tienen y los menores de edad, su partida de nacimiento! ¡Me tienen que mostrar algo que diga quiénes son ustedes! —gritó con voz áspera el teniente.

Empezó por el conductor del autobús. Luego los del primer asiento. Así siguió hasta llegar al último de los pasajeros.

Dormido por el cansancio de tan lento y largo viaje, Fortunato no había escuchado la orden del soldado.

—¿Y tú no escuchaste? —gritó el militar mientras le apuntaba con el fusil y sutilmente le golpeaba el hombro.

—¿Qué pasa? —despertó Fortunato, sorprendido.

—¡Su documento de identidad!

—Sí, aquí los tengo —respondió Fortunato mientras buscaba, desesperado, en los bolsillos de su pantalón y camisa.

—¡Rápido! ¿Dónde está? —exigió el soldado.

Fortunato nunca encontró su documento de identidad. Trató de recordar cada movimiento que realizó desde que salió de casa de su abuela, y descubrió que simplemente había olvidado la billetera en el mueble de la sala. Pero no servía de nada recordarlo. Ya era demasiado tarde.

En el centro de Buenaventura, las personas que habitaban en los alrededores, trabajadores del establecimiento comercial y de diversas oficinas aledañas y hasta transeúntes estaban entre las víctimas de tan cruel e inhumano atentado terrorista. Muchos resultaron quemados por el incendio que se inició en el primer piso de un edificio multifamiliar de la avenida Golden View. Los hospitales estaban repletos de heridos. Uno tras otro llegaban en ambulancias y a pie con la ayuda de otras personas. El momento que se vivía era dantesco, terrorífico.

En diversas áreas donde había ocurrido el atentado, las brigadas de rescate trabajan removiendo escombros, tratando de encontrar otros heridos que habían quedado sepultados entre las ruinas de concreto.

Según las primeras investigaciones de la policía, uno de los coches bomba fue una camioneta, la cual estalló frente a una tienda de juguetes. Las fiestas navideñas hacían que se encontrara, en aquel fatídico momento, repleta de niños.

El otro automóvil, que no tenía tablillas o placas de identidad, explotó a pocos metros. Las investigaciones lograron precisar que entre los dos vehículos tenían alrededor de seiscientos kilos de TNT.

El panorama del elegante balneario Buenaventura era desolador. Los edificios quedaron totalmente destruidos y todos sus ocupantes fueron evacuados. Contingentes de bomberos, policías y soldados auxiliaron a los afectados que se encontraban en zonas de alerta máxima. La ciudad desfallecía lentamente. El terrorismo era un cáncer que estaba carcomiendo la urbe y su sociedad.

Fortunato esperaba el momento indicado para largarse a Estados Unidos de Norteamérica. Para él, todo esto era porquería humana mezclada con filosofía desorbitada. Poco le importaba seguir viviendo en De la Picota. Estaba harto de tanta violencia terrorista.

—¡Lo tenía! ¡Estoy seguro de que lo tenía! —gritó, desesperado.

—¿No tienes documentos? Acompáñame —indicó el soldado.

Descendieron del autobús. Lentamente se dirigieron a un jeep. Al llegar, un rostro cubierto por un pasamontañas, una especie de máscara que solo dejaba ver los ojos y los labios, no dejaba de mirarlo de manera incisiva. Pronto, Fortunato dedujo que se trataba del jefe de los soldados.

—Mi comandante, este sujeto no tiene documentos de identidad —señaló el soldado.

—Que permanezca en el vehículo portatropas junto a los demás —ordenó el superior—. Y, soldado, evite que se quejen demasiado.

—Sí, mi comandante. Ya oíste. Muévete rápido a las portatropas.

Fortunato intentó explicarle al oficial superior, pero los soldados eran inflexibles. Allí no había derechos para los detenidos.

Sin titubear, el soldado del contingente militar trasladó a Fortunato a su destino final.

—¡Sube! —ordenó el militar a la vez que le golpeaba la espalda con su fusil.

Las risas se dejaron escuchar. No había control en el carro portatropas. Era un mundo aparte. Arriba estaba el de los afligidos y, abajo, el de los transeúntes comunes y corrientes. Dos destinos distintos, el de los detenidos y el de los que están por ser detenidos.

—¡Abajo, todos al suelo! —gritó, enfurecido, el militar.

—¡Malditos militares! —susurró Fortunato con mucha dificultad. La cabeza contra el piso del vehículo le impedía pronunciarse claramente.

—¿No escuchaste, idiota? ¡Dije que te tires al suelo!

No había más espacio. Cada minuto, más y más personas "indocumentadas" subían a la portatropas. Era para volverse loco. Todos tirados en el suelo del vehículo. Unos sobre otros. Era inhumano. Asustados, sudando, aplastándose, ahogándose. Nadie sabía qué pasaría. Ninguno deseaba preguntar por temor.

El general Rivasplata era uno de los artífices de la estrategia para combatir a los terroristas del Escuadrón Escarlata. Él por muchos días trató de entrevistarse con el presidente. Finalmente, ante tanta insistencia, lo logró.

Un cuadro llamó su atención. En él se representaba al coronel Juan Bellavista Urteaga tendido en el suelo con su arma en una mano y una bandera del ejército en la otra, inmolándose como héroe en la Guerra de los Dos Días.

—El presidente lo espera en su oficina, mi general —le dijo respetuosamente el edecán del jefe de Estado.

—Gracias —respondió el general mientras seguía mirando detenidamente el cuadro original.

—Al señor presidente no le gusta esperar. Por favor, por aquí —recalcó el edecán mientras lo invitaba a seguirlo por el alfombrado pasadizo.

Ya en la puerta de la oficina presidencial, el general se arregló el uniforme.

—Tome asiento, general Rivasplata —dijo el presidente mientras bebía un vaso de whisky—. ¿Desea tomar algo?

—Un coñac, mi presidente.

—¿A qué se debe su insistencia de visitarme y entrevistarse personalmente conmigo?

—Es una estrategia para combatir y derrotar a los malditos del EE —precisó Rivasplata—. No hay nada mejor que destruir sus bases y tratar de reconquistar lo que ellos nos están quitando, es decir, adeptos. Según mis investigaciones —continuó su explicación—, gran parte de los jóvenes están pensando en formar parte del Escuadrón Escarlata. Yo creo que si tomamos medidas firmes, como declarar la ciudad bajo control militar al cien por ciento, podremos recluir a cualquiera con cualquier excusa (que no tengan documentos de identidad, por ejemplo) y adoctrinarlo, y de ese modo asimilarlo al Ejército. Todos estarían preparados para la lucha contra los terroristas y así evitaríamos que ellos crezcan en número de militantes. ¿Qué le parece? —finalizó su explicación el general Rivasplata.

—No está nada mal, general. Apliquemos la medida de emergencia y manos a la obra —respondió el presidente.

Rivasplata salió de la oficina del presidente, seguro de que, si daba resultado su proyecto, muy pronto sería ascendido a jefe mayor del Ejército en De la Picota.

La noche seguía subiendo en temperatura. No había más espacio para los infortunados ciudadanos que no llevaban su documento de identidad y que se encontraban en el portatropas. Era para volverse loco.

Los transeúntes los miraban. Algunos pasaban raudos por la acera de enfrente, pensaban que eran detenidos por el atentado que días antes había enlutado a la ciudad con tantas muertes. Muchos, sin saber lo que ocurría, les gritaban:

—¡Malditos criminales! ¡Asesinos! ¡Mátenlos a todos cortándoles las manos y los pies!

Escuchar cada una de esas frases creó histeria en todos los del portatropas. De pronto, uno de los jóvenes, quien estaba sentado, tapándose los oídos con las manos, se paró y lanzó un pequeño papel.

—¡Es el teléfono de mi casa! ¡Digan que el Ejército me está llevando! ¡Por favor, háganlo y ayúdenme! —exclamó. A la vez dejó caer una moneda.

De pronto, todos comenzaron a hacer lo mismo. La calle se llenó de papelitos con números telefónicos y monedas regadas en la vereda. Mujeres y niños recogían las notas escritas y el dinero. Todos los lanzaban con la esperanza de que quienes se daban a la tarea de tomar sus mensajes llamarían a sus familiares para darles la información de por qué habían desaparecido.

Fortunato se mantuvo inmóvil. Por un momento pensó en lo que consideraba una estúpida y poco varonil actitud de los demás.

—¡Lanzar papeles y regalar monedas! ¡No sean idiotas! —gritó en su interior—. ¡Nadie les hará caso, aunque recojan sus papelitos! —siguió diciéndose a sí mismo—. ¡Sólo quieren el dinero! ¿Acaso no se dan cuenta? ¡Los papelitos los recogen sólo por compromiso, para que no veamos que sólo están interesados en el dinero! —reflexionó—. ¡Parecen pordioseros! —increpó en silencio.

Pasaron unos minutos y decidió dejar atrás su indiferencia y pasó a ser parte de la masa humana desesperada. Encontró un papel en el bolsillo de su pantalón, pidió un lapicero, escribió su número telefónico y la frase "No dudes en ayudarme. Tendrás una buena recompensa".

Llegó la hora de marcharse. El carro portatropas encendió su viejo motor y fue perdiéndose en el horizonte. Fortunato vio cómo su papel no era recogido. El viento se lo llevó con rumbo desconocido.

Fueron desde la avenida Condevilla, pasaron por el gran Paseo Mayor y luego hacia la Villa Militar. Entraron por una calle oscura iluminada por un sinnúmero de luces pequeñas de linternas militares y finalmente se trasladaron por un camino plagado de huecos que hicieron el viaje incómodo en demasía.

De repente, el tremendo portón de madera fue abierto por cuatro soldados. Era el cuartel de Comandos Especiales. Fortunato llegó a leer la inscripción que sintetizaba lo que le esperaba: "La vida para un soldado es maldición, la muerte por su patria es bendición. Por mi tierra derramaré mi sangre sin llorar".

El portón de madera se cerró lentamente detrás de los portatropas.

Un patio inmenso encendió sus reflectores de luz. Les ordenaron descender del portatropas y a través de un parlante les dijeron que se formaran en cinco columnas. Les daban diez segundos para hacerlo.

Entonces se originó un tremendo barullo humano en aquel patio iluminado.

—¡Ciento veintisiete, mi comandante! —respondió un soldado.

—Buena cosecha, Vigil —se escuchó desde el parlante—. ¡Así me gusta!

—¡Gracias, mi general Rivasplata!

Mientras los militares dialogaban, un ligero murmullo comenzó a rondar entre los nuevos reclusos, por lo que el coronel los mandó a callar a todos.

—¿Tú de dónde vienes? —preguntó el coronel a un muchacho que vestía zapatillas blancas, jean y camisa verde.

—De Villa Victoria —dijo timoratamente el joven.

—¡De Villa Victoria, señor! —volvió a increpar el coronel frente al rostro del hombre, tan cerca que le dejaba oler su aliento—. ¡Cuando respondas me dices señor!

—¡Sí, señor!

—Ya saben, todos me dirán, a partir de ahora, señor. Desde hoy seré su señor y ustedes mis esclavos. No quiero que se olviden de esta palabra: ¡señor! —explicó, enfurecido—. ¡Yo soy su señor y ustedes mis esclavos! —recalcó.

—¡Sí, señor! —se escuchó al unísono.

—¡Tú! ¿De qué lugar vienes?

—De Sol y Sombra, señor —respondió un hombre con un arete en la nariz. Masticaba un chicle en un costado de la boca.

—¡Cuando hables con tu señor, te tragas el chicle! ¿Entendiste, hijito de mamá?

—¡Sí, señor!…

—¡Hazlo en este instante, maldición!

Al terminar, los mandaron a dormir así como estaban. Nadie dijo nada hasta que llegaron a las barracas. Parecía otro mundo.

Las barracas estaban limpias y bien presentadas. Un pequeño detalle llamó la atención de Fortunato mientras analizaba cada rincón del lugar. A diferencia de los militares con rango de oficiales, los que dormían eran pequeños muchachos con rasgos físicos indígenas, cabellos hirsutos, muy flacos, casi mal alimentados. Poseían una mirada triste y cargada de dolor.

La hora de comer o, como la llamaban los militares, la hora del rancho, tenía que esperar. Lo primero tras el descanso nocturno era dejar limpia la barraca. Todos estaban unidos para realizar la limpieza de tan gigantesco dormitorio común, de una longitud de aproximadamente cien metros. Había que formar escuadrones; unos se encargaban de arreglar las camas, otros barrían el piso.

Fortunato descubrió en aquel momento que no sólo las escobas servían para barrer; para eso también eran

útiles las frazadas. Era espectacular el ingenio para usar-
las como escobas. Extendían en su totalidad las mantas
gruesas de lana y dos soldados se echaban a lo largo de
la frazada. Otros dos jalaban de ambos extremos. Una de
ida y otra de vuelta y ¡listo! La barraca estaba barrida. Los
que limpiaban el baño lo hacían entre risas y a puerta ce-
rrada. De repente, cuatro soldados cargaban una frazada
mojada y la trasladaban hacia un inmenso colgador en la
parte posterior de la barraca. El objetivo era secarla a la
luz y el calor del sol. Un fuerte olor nauseabundo inundó
el lugar.

Fortunato tenía mucha hambre. Hacía un día que no
comía. Por un momento, mientras ubicaba su camarote,
recordó fugazmente las tostadas crocantes y el café caliente que acompañaban sus desayunos antes de ir a la
universidad.

—¡En fila de quince personas! —gritó uno de los soldados—. ¡A la cocina a tomar desayuno, incluyendo los
nuevos reclutas!

En el camino al comedor pasaron por diversas oficinas
y otras barracas. Todos, muy ordenados, marchaban a
paso ligero. Una enorme olla de metal hervía el café que a
la vez era removido incesantemente por un soldado gordo con un enorme palo de madera. Los panes con man-
tequilla estaban tirados y arrimados a una pared sucia.
Para Fortunato era deprimente y nada agradable servirse
un desayuno de ese tipo. Estaba seguro de que ese día no
comería. Se iniciaba la pesadilla.

Al recoger su vaso de café y sus dos panes, no le quedó más remedio que botarlos sin que se dieran cuenta los demás. No fue el único.

Desde muy temprano se les había anunciado que tendrían que pasar el examen médico de rigor. Este era, según algunos, la última esperanza de libertad. Si estaban en perfecto estado de salud, entrarían de manera inmediata al servicio militar obligatorio. De lo contrario serían declarados no aptos para la milicia.

Solamente el tiempo se encargaría de decir quién se quedaba y quién se iba.

Mientras esperaba en la barraca, Fortunato inició el diálogo con su compañero de camarote. El muchacho dijo que estaba por graduarse de médico en una de las más prestigiosas universidades en De la Picota. Contó que su padre era un importante empresario con influencias en el gobierno y que al salir se vengaría de cada uno de los militares del Cuartel de Comandos Especiales. Mejor dicho, su padre se encargaría de tan minuciosa tarea.

—Sólo tenemos que esperar que la suerte nos acompañe en el examen médico. Hace un momento me dijeron que yo podría salir, ya que uso anteojos.

—¡Yo sí que tengo una miopía avanzada! —dijo Fortunato—. Es la primera vez que no detesto usar lentes para ver bien.

Fue lo último que dijeron. El reloj marcaba las once de la mañana.

En casa deben estar preocupados, pensaba Fortunato. Especialmente mamá. Es muy nerviosa. Ya era un día y medio que no sabían de él.

—¡Todos los civiles, de pie! —gritó un soldado desde la puerta de la barraca—. ¡Es hora del examen médico!

Llegó la hora de la verdad. Fortunato estaba asustado. Temía que le dijeran que se quitara los lentes. Uno de los soldados le dijo que no se los quitara para nada y que le mencionara al doctor su miopía.

—¡Antes de salir de las barracas, todos se quitan la ropa! —ordenó el soldado a cargo—. ¡Al examen médico se va totalmente desnudo. ¡Rápido, tienen diez segundos para hacerlo!

Todos los reclutados caminaron hacia el hospital militar para rendir su examen médico con las manos arriba y totalmente desnudos. Fortunato nunca se quitó los espejuelos.

Mientras revisaba en su celular las noticias, leyó que un grupo de soldados, recientemente reclutados, habían muerto en una emboscada terrorista.

La primera página del diario digital *La Voz* decía: "La vida para un soldado es maldición, la muerte por su patria es bendición. ¡Por mi tierra derramaré mi sangre sin llorar!".

Fortunato trató de recordar aquel episodio de su vida, pero la distracción de la gente aglomerada en la playa de South Beach en Miami lo obligó a desistir de aquel encuentro imborrable en su memoria.

—¡Hey, Fortunato! Lleva dos cervezas y un morir soñando a la mesa ocho —le dijo el jefe de los mozos de un lujoso restaurante frente a la playa, el cual se iluminaba levemente todas las tardes con el ocaso del sol.

MALECÓN

"Sucede algo terrible y al mismo tiempo reconfortante cuando volvemos a un lugar donde hemos vivido: nos hemos convertido en uno de nuestros propios recuerdos".

E. Hubrard

El mar golpeaba el inmenso muro de concreto de aquel gran malecón a lo largo de la Vía de los Huérfanos, digno de una fotografía de postal, deteriorado a los costados por el paso del tiempo. Allí llegaban los turistas con sus cámaras y teléfonos inteligentes a registrar aquel paisaje delicioso.

Allí también, todos los días, llegaban las jineteras y jineteros para divertirse y, si "ligaban", divertir también al mejor postor. Todos eran muy parecidos: lápiz de labios rojos, púrpuras y azules, sombras multicolores, polvos contra la transpiración. El calor hacía que usaran ropas ligeras y diminutas, desgarradas, perfumadas con aromas baratos. Eran tan parecidos que solo ellos y ellas sabían quién era quién en aquel enjambre de abejas. Aquellos jóvenes luchaban por sobrevivir en un mundo plagado de perdición. Así se sentían, así se veían.

Él los observaba detenidamente. Desde hacía mucho no se sentaba en la banca que durante su niñez había separado como suya. Siempre soñó con tener una banqueta en la quinta cuadra del inmenso y ancho pasaje donde pasó su infancia. Y allí estaba ahora sentado, apreciándolos a "ellos y ellas". Un detalle lo distrajo por un momento. No era ya la misma banca que hace unos años había dejado. Fue fácil para él darse cuenta. Ya no tenía el color verde de antaño. Hoy era un verde acéfalo. Tal vez la luz del sol, que caía más de diez horas de manera directa sobre la banca, la había puesto así. Su atención volvió luego a centrarse en aquellos jóvenes estridentes del malecón.

Cuando niño, sus padres lo sacaron de la isla. Los tres huyeron de aquella revolución que los consumía. Aquella fuga fue espectacular. En su memoria quedó grabado cada segundo y cada instante que vivieron durante el escape. Fueron cerca de seiscientas cuarenta y ocho horas en aquella balsa de cañas de junco, unidas de manera perfecta por un nailon muy grueso. Durante la travesía, él contó más de una veintena de veces la cantidad de palos que conformaban la embarcación.

El mar interminable, bravo, ondeante, era visto como un universo y la balsa como un punto negro en la inmensidad. De día, el sol era intenso; de noche era terrorífico. El sol hacía entretenido el viaje, pero la penumbra lo transformaba en una experiencia escalofriante. Las noches eran interminables, el rumbo era invisible, imperceptible a los sentidos. Eso es lo que él más recordaba: la niebla y el silencio.

Era tan intenso el frío y tan temible la oscuridad que

para sobrevivir se abrazaron, convirtiéndose en una fuerza viva que, a pesar de las sacudidas del mar, no se separaba nunca: una sola carne. Tres vidas y un objetivo.

Luego apareció "aletas rápidas". Todos los días rondaba la embarcación, a veces mostraba sus afilados dientes de tres hileras mientras trataba de tragarse la balsa con ellos encima. Estaba hambriento. Él recordaba que no había vestigios de sangre, pero aletas rápidas ahí estaba siempre, merodeando en torno de la balsa.

¿Cuándo nos va a atacar?, se preguntaban los tres mientras permanecían abrazados. ¡Qué se vaya!, gritaban, desesperados.

A los veinticinco días, aletas rápidas se cansó de intentar engullirlos y simplemente dejó de asomarse por la balsa. Tal vez se convenció al verlos tan unidos a pesar del temor o quizá se le rompieron los dientes de tanto intentar morder los palos de junco.

Ojalá ahora sea un tiburón sin dientes, incapaz de atacar y matar, pensaban los tres.

El sol les pintó la piel de un color parecido a la tierra roja. Quemaban al tocarse. Así llegaron a la playa.

Los guardias costeros estaban siempre a la espera de los que llegaban clandestinamente. Agazapados entre los matorrales, montaban guardia. Las luces potentes se prendían por la noche para dar con la fácil presa que, cansada y necesitada de ayuda, tras pisar la arena blanca y caliente se desplomaba en el acto.

Unos instantes permanecieron en silencio. La idea era

quedarse totalmente inmóviles. Las luces se encendían cada dos minutos. En ese lapso de tiempo y de oscuridad total, ni los más jóvenes lograban cruzar hacia unos cocoteros. Era demasiado tramo para tan pocos minutos: había cuatrocientos metros.

¡Es ahora o nunca!

La arena se levantaba como un pequeño torbellino, la velocidad con que los pies avanzaban hacia los cocoteros era impresionante. Diez segundos y las luces se volverían a encender. Estaban a la mitad del camino; ya no había más tiempo.

¡Al suelo!

Ciento veinte segundos de inmovilidad, tirados en la arena y enterrando la cabeza. Para él, como para cualquier niño, todo aquello era un juego. Para sus padres, un desafío: vuelve la penumbra, todos corren, los cocoteros están a unos metros.

Al volver la luz, solo sombras se proyectaban entre los cocoteros. Nadie los vio llegar. Se acabó así la odisea y un mundo distinto comenzó para él a partir de aquella noche.

Ahora, él podía ver cómo se divertían los chicos y las chicas del malecón. Se levantó de la silla, caminó hacia el grupo.

—Deseo a una de las jineteras —dijo—. ¿Quién es el que decide el precio?

—Quince dólares y puedes llevarla —respondió uno—, siempre y cuando ella retorne a la hora pactada. Si no, te verás en problemas mayores —amenazó.

—Me la llevo. Quisiera la compañía de ella —apuntó con el dedo a una de las muchachas.

—Es Merly —dijo el encargado—. Tiene 21 años, pero ya es toda una mujer. No te arrepentirás —exclamó la voz aguda—. Es una de las más solicitadas de nuestro "buró de placer".

El saludo fue de lo más cordial. Era el primer contacto.

Al ver su tierno rostro y sonrisa juguetona, él recordó a sus dos hijas. Vio a la joven y reconoció su inocencia dañada por querer ser grande: boca morada, ojos pintados de verde intenso, ropa diminuta. Y ese perfume barato de olor lujurioso. Le dolía mucho ver este drama de vida. Sus hijas estaban presentes en su pensamiento mientras caminaba al lado de Merly por la avenida del malecón.

La gente observaba el mar y las olas furiosas. Nadie notó su presencia. Si lo notaron, era el mismo paisaje humano de todos los días, es decir, nada de esto impresionaba. Era cotidiano y común, Diario y eterno.

La invitó a comer. Un buen restaurante era lo más indicado para tan singular cita. Leyeron la carta, ordenaron un vino tinto francés y un plato de gandules con arroz y carne: más que suficiente.

Ella le contó que se dedicaba a este "negocio" desde los catorce años de edad. El de la voz aguda era su hermano. Sus padres los volvieron muchachos de la calle o simplemente huérfanos de la vida. Le dijo que pocos de los que trabajaban en el malecón vivían bien. Todos tenían la misma cantidad de dinero. Todos eran pobres. También le dijo que en unos meses tendrían un hermano más. Sería menos cantidad de comida para todos en casa.

—Hoy es inusual —le contó Merly—. Hace nueve meses que no comía carne cocida.

Sí que era una noche de suerte, pensó, pues en breve vendría la paga: quince dólares fáciles y placenteros.

Terminaron de comer. Él propuso caminar una hora más. No había muchos lugares para conocer, por lo que volvieron al malecón. A lo lejos, sus amigos permanecían como muertos en vida, mezclados como en un enjambre de abejas, luchando por sobrevivir en un mundo que no les ofrecía algo más allá del buró de placer.

Supervivencia diaria en el lugar de siempre.

A lo lejos, Merly observaba cómo se divertían, jugando de manos, simulando sonrisas.

—Es patética esta forma de vida —exclamó Merly—. Quién como tú, que no vives aquí. Este mundillo olvidado y bloqueado por los más ricos es banal y efímero —sentenció, algo molesta.

De manera directa, él cuestionó la actitud que tomó Merly. Quería entenderla, pero no podía. Por momentos pensó que era una renegada social o algo por el estilo, pero rápidamente desechó tal juicio. Quería indagar en su vida, pero a la vez temía ser rechazado. Ella demostró, conforme se desarrollaba el diálogo, ser muy astuta e inteligente. Por todo esto, no quería fracasar en su intento de hacerla tomar una decisión.

—¿Hasta cuándo piensas seguir aquí? —preguntó él sin más rodeos.

—Hasta que el destino lo decida. Quizá toda la vida, quizá hasta mañana. ¿A quién le importa?

—En la vida, las oportunidades se dan una sola vez. Tal vez sea el momento de tomarla —señaló él—. ¿Es más importante un plato de comida que una vida lejos de este malecón?

Por varios minutos, en el silencio de su mente, divagaba esta pregunta. Era fácil convencerse de que era una situación imposible de definir en una conversación.

Era su vida.

Toda una vida dependiente de este "trabajo". La familia dependía de ellos. Si el "negocio" no daba sus frutos (o sea, dólares), no se comía el día siguiente.

Así de real.

—Aquí en el malecón se prostituyen casi todos. Algunos lo hacemos como si fuera un *modus vivendi*, pero hay otros que son hipócritas. Viven detrás de una apariencia de pulcritud ante los demás, ¡pero bien que se dejan llevar al submundo de la porquería del malecón! —expresó a regañadientes.

—¿Qué quieres decir con hipócritas? —preguntó él—. ¿Es peor que lo que haces?

—No sé como decírtelo. Yo lo hago para llevar un plato de comida a la casa. Los hipócritas lo hacen por mero placer. Lo mío es una necesidad imperante. Lo de ellos es una necesidad de excitación y sensación.

—No le encuentro diferencia. Es lo mismo —afirmó él, seguro y convincente.

—¡Qué! No me compares —dijo ella a la vez que dejó entrever su fastidio—. Lo mío es diferente. Quiero vivir... sobrevivir. Ellos y ellas viven bien, pero hay algo distinto que los motiva y es lo banal y efímero.

—Te vendieron la cultura de la justificación —precisó él.

—¿Qué quieres decir? —indagó Merly.

—Es simple. Todo vale mientras te convenzas de que estás en lo correcto. No importa la razón por la que lo haces si el resultado es para "algo mejor", es válido y coherente —explicaba él mientras la miraba fijamente a los ojos—. Es una filosofía barata y mediocre —finalizó.

—No hay otra cosa que hacer. No quisiera hacerlo, pero estamos obligados. Aquí, un doctor gana igual que un carpintero. Por supuesto, en un día tengo más dinero que los dos juntos por toda una semana de intenso trabajo.

—Dinero fácil y peligroso —precisó él.

—Yo diría rápido y útil —añadió ella.

Al llegar a un callejón oscuro y maloliente, él vio cómo un borracho era víctima de unos cuantos muchachos que le estaban robando lo poco que tenía de ropa. El borracho se defendía como cuando un ciego trata de encontrar a su agresor en medio de su propia penumbra. Ellos lo pateaban y lo arrastraban. Él sangraba por la nariz y la boca; gritaba de dolor. Totalmente desnudo, cerró los ojos y quedó inconsciente.

Él quiso ayudar. Ella lo detuvo. Luego le explicó que habrían terminado igual. Los muchachos eran los "buitres", una pandilla incontrolable, despiadada y voraz. Merly le dijo que casi todos los buitres eran sus clientes.

En el malecón, cada cual resolvía sus problemas. Era

un mundo de individualismo al máximo, a pesar de tener un régimen comunista. Irónico, pero había demasiados problemas propios como para acoger problemas ajenos. Era mejor si te dedicabas a tus propios conflictos.

Era difícil entender cómo en una sociedad común podía existir tal grado de individualismo. Él concluyó que era meramente humano y contemporáneo. ¡Son los efectos del milenio!, se dijo.

Las horas pasaban. En treinta minutos, él tenía que devolverla a su hermano. Si no, tendría problemas. Tal vez, la pandilla de los buitres se encargaría de hacerle recordar que tenía que cumplir su promesa pactada en la negociación. El recuerdo del borracho en el callejón lo llenó de pánico momentáneo.

Iniciaron el retorno adonde estaban los demás muchachos del Malecón.

El camino fue en silencio absoluto. Él pensaba en sus hijas. Ella en sus padres y su futuro. Tal vez tendrían que conversar nuevamente mañana.

A una cuadra del punto de entrega, donde negoció la compañía de Merly, él le dio cincuenta dólares.

Luego de despedirse, tomaron rumbos opuestos. Ninguno volteó. Ella se fue sonriendo, pensando en la inusual experiencia. Para ambos, mañana todo sería igual.

FOSA COMÚN

"El problema con los seres humanos es que estos siempre están compitiendo con los demás, intentando demostrar quién es el mejor, y se han olvidado de que estamos aquí para compartir, no para competir".

José A. Pallavicini

El obispo de la catedral era el padre más rudo que tenía el pueblo.

—¡Eres una malnacida! —le gritó el obispo a su hija—. Tanto que te enseñé lo que debe ser una mujer de familia y de pronto te acuestas con el primero que te invita a la cama. ¡Lárgate de mi presencia! —remarcó.

—Entiende, papá, es un error que se puede remediar. Tal vez no es demasiado tarde —dijo ella—. Estuve averiguando dónde hacen mejor el trabajo —afirmó, desesperada.

El obispo tardó un rato en responder. Su corazón se le estrujó con solo pensarlo.

—¿No deseas tenerlo? ¡Eso es lo que me quieres decir! No. Será tu marca por tu debilidad. Podías haber esperado y casarte como una hija de familia. ¡Será tu marca y él será un bastardo marcado! —dijo mientras la empujaba contra la pared.

—¡También será tu marca! ¡La marca de esta familia! —dejó escuchar la joven entre el dolor y la angustia de vivir lo que estaba enfrentando.

Por un instante, el obispo pensó en las cosas que dirían en el pueblo y le pareció insoportable. Debía tomar una decisión inmediata y definitiva. Por otro lado, sus principios se entrecruzaban. Era el obispo. Por años, en el seminario teológico había estudiado que la vida está por encima de cualquier pecado. ¿Qué hacer? ¿Cómo resolver este caso sin pecar y a la vez matando el pecado? Para él, era más que un simple dilema: era un dilema de eternidad entre el bien y el mal, entre la vida y la muerte.

—Quizás deberíamos sentarnos a conversar y decidir juntos qué hacer —exclamó, ya más tranquilo—. Lo importante es evitar el escándalo.

—¿Significa que estás de acuerdo con remediar el problema? El trabajo es sencillo para las pocas semanas que tengo de embarazo —replicó ella mientras se secaba las lágrimas.

—Más que una aceptación de tu propuesta, es una obligación —respondió él sin remordimiento.

Lo vergonzoso siempre tiene como origen la obligación de hacer algo que atropella lo moral, hasta el punto de despojarse del ser mismo. El obispo recordó este pensamiento que semanas atrás había dicho a su congregación desde el atrio de la iglesia en uno de sus sermones dominicales.

Desde muy pequeña, la catedral del pueblo se había convertido casi en su hogar. Desde que era una niña, las labores de obispo que su papá cumplía eran su fascinación. En casa, mamá Florencia, dulce y cándida, pero devota en extremo, realizaba la tarea de educar religiosamente a cada uno de sus hijos.

La vieja costumbre que indicaba que las hijas eran responsabilidad de la mujer y los hijos del hombre hacían pensar a Mariana que sus padres eran de una generación anticuada.

Cuando jugaba a las muñecas, soñaba siempre con ser madre y tener muchos hijos y, por supuesto, un buen esposo que cuidara de la prole. Y es que los sueños, sueños son. Pasaron años para entender finalmente que las ilusiones de niñez pueden ser tiradas por la borda por unos minutos de placer. ¿Qué está bien? ¿Qué está mal? No lo sabe aún. Hoy más que nunca está confundida.

—Hijos míos, nuestro buen Dios dice que la vida es su deleite. Él es vida. Su muerte es vida. Mejor que la vida plena en él no hay. Debemos defender la vida. Él nos manda a defender y luchar por la vida. La muerte, buscar la muerte, desear la muerte, matar, es el pecado máximo, el pecado total. El pecado capital. Hijos míos, jamás optemos por la muerte. ¡Jamás, hijos míos!

Palabras que se lleva el viento. Así recuerda aquel sermón en la catedral repleta de niños, jóvenes, mujeres y ancianos. Fue el más comentado. Por semanas, el pueblo habló de lo hermoso que fue escuchar la palabra de Dios a través del obispo, su padre. Ahora no entendía cómo las circunstancias de la vida pueden alterar la creencia del ser humano. Ella y su padre estaban en esta situación fluctuante. Un pequeño ser, un feto aún no completo, los ponía en tal conflicto, en tal dilema.

Eran las nueve de la mañana. Hacía mucho calor. El sol quemaba como fuego y azufre juntos. Es el sol terrenal. En la selva alta, el calor es más intenso. Cuarenta grados centígrados equivalentes a ciento diez grados Fahrenheit a la sombra. Vegetación espesa de árboles gigantes que se transforman en los rascacielos de la jungla. El viejo camino, polvoriento y plagado de huecos, era usado como salida y entrada a la vez.

Por aquel sendero, muchas veces papá y mamá caminaron juntos, enamorándose, pensó.

Desde hacía veintitrés años, Mariana soportaba el intenso calor del pueblo. Ese calor se había transformado en un infierno interior. Algo quemaba dentro de ella. No era el niño, era el remordimiento de estar viviendo lo que estaba ocurriendo.

—Vamos. Tenemos una cita con el doctor Primitivo Díaz.

—¿Quién es él, mamá? —preguntó, temerosa.

—¿Qué te pasa? —replicó—. Es el ginecólogo que te hará el trabajito.

Una de sus amigas había abortado hace dos años. Ella le contó que era muy doloroso.

—Por muchos días, el interior y el exterior de uno laten de manera dolorosa y constante. Cada mañana, cuando despertaba, sentía el olor de la muerte —describió su amiga entre lágrimas.

Una puerta angosta y un largo pasadizo oscuro trasladaban a la oficina del doctor Primitivo. Mientras caminaban, llegó a percibir ese olor que su amiga le había comentado.

Quizás sea pura coincidencia, pensó. Estoy muy mentalizada en eso. No huele, se dijo a sí misma.

Siguió caminando. Fueron cien largos metros. Al fin logró vislumbrar la oficina iluminada con luces de neón. Detalles de flores amarillas y rojas adornaban el amplio cuarto. Un sillón a la derecha, una camilla a la izquierda, un escritorio al centro. Cuadros coloridos pintados en acuarela y colgados en la pared, bolsas negras de plástico en las esquinas.

El olor a muerte era más intenso, casi putrefacto.

Ahora ya son mil trescientos. Es mediodía.

Día a día, las recomendaciones del doctor eran cumplidas al pie de la letra. Tomar las pastillas, tres Ripaviontas cada ocho horas por una semana. Eran pequeñas, de color negro, aserradas a los costados y malolientes.

No dio resultado.

Luego intentaron, por recomendación del doctor, con un frasco de Ribustán cada dos horas. Cucharadita y media. Amarga, apestosa y mortal.

No dio resultado.

Después intentaron algo que consideraban infalible. Acetato de nitrato.

Días de mortandad. Era tan pequeño y no se daba por muerto. Se aferraba a la vida. Un no sé qué lo protegía. Seguía creciendo, se desarrollaba a mil por hora. Ya no era un feto. Transcurrían las semanas. Estaba más grande y seguía humanizándose. Era un ser viviente. Estaba completo. Viviría.

En el pueblo, nadie sabía nada. Era un secreto oculto bajo tres llaves, las de la inmoralidad, vergüenza y crimen.

Nadie puede saberlo, pensaba el obispo.

—Esto es demasiado. ¡No quiero vivir! —susurró Mariana.

—¡Qué vergüenza, que muera pronto, antes de que salga! —gritó en su soledad mamá Florencia.

—Seremos el hazmerreír de la selva alta —dijeron los hermanos.

Ser parte de ese enjambre de niños despedazados, asesinados por productos químicos extraños y pinzas devastadoras, era lo que no quería. Se defendería hasta el final. Tendría que salir y sufrir y vivir y finalmente morir. Hoy no sería ese día final. El derecho de nacer era algo que quería sentir.

No estaba de más recordar que ya iban cinco mil doscientos veintitrés. Eran las cuatro de la tarde.

El calor descendió. Pronto se ocultaría el sol y la penumbra llegaría.

El cansancio del día, las pastillas y jarabes hicieron que Mariana durmiera temprano. El sueño era un enemigo de temer, atacaba en cualquier lugar y por lo general siempre vencía.

—Esa luz… ¿qué es esa luminosidad? —indagó ella—. ¡Hey! Aquí estoy.

—¿Quién eres?

—Soy alguien de aquí.

—No te conozco.

—Es mejor que sea así.

—Eres muy anciana.

—Soy quien soy.

—¿Qué deseas? ¿Por qué vienes a mí?

—No lo hagas, si no ¡morirás!

De pronto, la luz intensa se disipó. Mariana despertó con lágrimas, sudando, con escalofríos y tiritando.

Nueve mil setecientos doce. El reloj marcaba las diez de la noche. Oscuridad total.

Luego de ese encuentro misterioso con la luminosa anciana de canas blancas como la nieve, el temor por la muerte y por el crimen a cometer la hizo afrontar su problema de manera más sabia.

—Lo tendré. ¡Nacerá! No será parte de las bolsas negras. Será fuerte y correrá conmigo por la calurosa Miami, ciudad de Florida —exclamó Mariana.

Decidir por un sueño es parte de la vida. Los sueños, sueños son, y no hay quien deje de tenerlos. De ellos depende la vida. Doce mil doscientos ochenta y nueve ya murieron y estaban en las bolsas de la esquina. Eran las doce con cero minutos y cero segundos de la noche.

Era un nuevo día.

Mariana decidió, en silencio y sin contar a su familia,

emigrar al país de las oportunidades. Con dolores de parto y de la mano de un "coyote", está por entrar a las aguas de río Grande mientras el denominado "tren macho" pasa raudamente, dejando oír los chillidos de sus llantas metálicas, raspando los rieles con cientos de personas en el techo.

SOMBRAS AZULES

"La vida es como todas las cosas, que no puede deshacerlas sino el que puede volverlas a hacer".

José Martí

Los ensayos del colorido y festivo carnaval se matizaban con momentos de tranquilidad. La Octava de la Virgen de la Salvación iba a iniciar en unas cuantas horas. Los turistas apreciarían lo que en otro tiempo fue una especie de Sodoma y Gomorra. Pronto, la ciudad se convertiría en una zona donde podían encontrarse el placer, la borrachera y la violencia.

Al llegar a la ciudad, ubicada a tres mil novecientos metros sobre el nivel del mar, los huesos se entumecieron por la baja temperatura. Eran más o menos tres grados centígrados. Se sentía como vivir en una especie de congeladora gigante.

La calle conocida como la de los "pasos perdidos" estaba abarrotada de personas que se aplastaban para ver las contorsiones y coreografías. Había carrozas multicolores decoradas con flores y pétalos de rosas, miles de danzarines y bailarinas con atuendos alucinantes y brillantes.

Algunos con caras de diablos, otros con cuerpos de osos. Otros vestían atuendos andróginos; eran una especie indefinida, no diferenciada entre hombres o mujeres. Todos bailaban en plena vía pública, embriagados por tantas cervezas y aguardiente, tequila y brandy. La mayoría daba vueltas y vueltas a la vez que gritaban, desbordando emociones entrelazadas por el jolgorio, la juerga y el desenfreno. La música era ensordecedora; siempre sonaba la misma tonada.

Él estaba a punto de odiar su estadía en el carnaval. Si no fuera por el trabajo periodístico, de seguro no hubiese viajado a esa fría ciudad. Eso pensó durante su recorrido hasta el hotel en el que se alojaría.

Todo acabará en unas cuantas horas. Al fin y al cabo, sólo permaneceré dos días. Uno ya estaba por terminar, afirmaba en su mente a la vez que trataba de calentarse.

Su plan era descansar en el hotel, pero todas las habitaciones estaban repletas. La tremenda demanda de turistas tenía los hoteles al tope. No había cuartos vacantes. Casi perdió la cabeza buscando un lugar donde alojarse. Finalmente, en medio de la oscuridad encontró un hostal barato y sin calefacción. Hubiera tenido que dormir a la intemperie de no ser por aquel hostal. Incluso una banca del parque hubiera sido una misión imposible. Todos amanecían en los parques y plazas de la ciudad.

Ya en el hostal, comenzó a dar vueltas por la habitación. Realmente hacía un frío que entumecía. Continuó dando más vueltas y comenzó a transpirar. Ya casi al borde de la desesperación, decidió salir a pasear por las bulliciosas y desenfrenadas calles.

Abrigado de pies a cabeza, comenzó su recorrido por la plaza principal hasta que optó por sentarse en una vieja banca de concreto.

—La Octava de la Virgen de la Salvación es una fiesta mística. La "mamita", tal como se le conoce, cautiva a cerca de cinco mil turistas cada año —dijo una voz.

Él le preguntó su nombre.

—Cipriano Contreras —respondió el desconocido del parque—. ¿Y el tuyo?

—Giuseppe Bernaola —respondió—. Dime, Cipriano, ¿los turistas también adoran y viven la fiesta como la viven tú y tu gente?

—¡Claro, mi amigo! Todos los que llegan tienen que venerarla. Claro que no es una obligación hacerlo. Es un sentimiento que nace —enfatizó a la vez que sacaba de su bolsillo un pañuelo.

—Hace unos días leí en un libro de Jesualdo Bello que esta fiesta nació por el año 1750, impulsada por la devoción de unos trabajadores mineros que se dedicaban a la extracción de cobre —respondió Giuseppe.

Giuseppe comenzó a buscar en su bolsillos la página del libro que había roto para llevárselo durante el viaje.

—Esta fue una actividad traída por los burdeños. Para intimidar a los devotos, crearon maleficios y muchos mitos que hablaban de las labores en el subsuelo —dijo Cipriano—. Por eso, la Virgen de la Salvación es también conocida como la Virgen de la Purificación y de la Candelaria. ¿Sabes por qué? —terminó preguntando.

—No —respondió, algo desencajado, Giuseppe, pues nunca encontró la página rota.

—Simplemente porque los mineros, provistos de velas encendidas, obtenían la purificación de sus almas al confiar plenamente en su Virgencita —dijo Cipriano.

—Es interesante esta historia, pero me parece un poco fantasiosa —manifestó Giuseppe—. Justamente en el libro que leí se menciona que todo ha cambiado en la fiesta que antes era sumamente religiosa. Hoy, dicen algunos, es meramente de placer y juerga. ¿Es cierto, Cipriano?

—Depende de con qué ojos los veas —dijo Cipriano, como justificando, a la vez que buscaba el horizonte de la ciudad—. Según la tradición, diez días antes del día central, que será mañana, miles de seguidores recitan oraciones y agradecen los milagros y dones recibidos por parte de la Virgencita. Este año quiero recibir una bendición —reflexionó un instante—. Deseo que mi hijo no pierda la pierna por culpa de una gangrena que desarrolló.

—Es una lástima, Cipriano. Estoy seguro de que todo saldrá bien —atinó a decir Giuseppe.

—Bueno, ya responderá —fue su argumento de consolación—. Te cuento algo más. La Octava de la Virgen de la Salvación, en su primer día, desde las cuatro de la madrugada paseó en hombros de sus fieles seguidores por las principales calles de la ciudad. El peregrinaje concluye en el santuario de San Bernardino. Allí vive la Virgen desde hace muchos años.

—¿Y qué de la gran fiesta en el Hipódromo Central?

—Es simplemente espectacular, Giuseppe. ¡No te la

puedes perder! —dijo Cipriano mientras se rascaba la cabeza—. Ciento cuarenta conjuntos de bailes autóctonos participan en el gran concurso de danza. Sólo un ganador disfruta a plenitud la fiesta. Los demás marchan a sus poblados, hasta con lágrimas y lamentos.

—Necesito un buen plato de comida —mencionó Giuseppe, intentando cambiar de tema—. ¿Qué me recomiendas?

—El mejor restaurante se llama Fiesta Majestuosa. Está a cuatro calles de aquí. Tiene las tres B; es bueno, barato y sirven bastante —dijo mientras reía y dejaba ver los pocos dientes que le quedaban por su adicción a la heroína.

El menú era amplio. Giuseppe desconocía muchos de esos platos en el restaurante. Al final optó por servirse una dieta de sopa de pollo.

Ya eran las once de la noche. Descansar sería lo más adecuado para Giuseppe. Ya bastaba de tanta calle y bullicio. Camino al hostal se dio cuenta de que la gente, por danzar y embriagarse, no dormía. Era una vida acelerada. El tiempo no tenía límites. Todos los días eran los mismos. Sintió que todo era un solo día: allí no transcurrían las horas.

En el hostal hacía un frío insoportable.

—¡Maldito viaje y maldita Virgen! Si realmente es milagrosa, lo primero que deberían hacer es calentar el dormitorio en este poblado —pensó Giuseppe.

Pasó la noche tiritando de frío.

Ni bien amaneció, una terrible bulla cargada de música y gritos de alegría lo despertó y le anunció que tenía que empezar su reportaje. Una ducha caliente y un buen desayuno lo dispusieron al trabajo.

El hedor a licor en la calle era nauseabundo. Era como estar enterrado en medio de un gigantesco vómito. En su recorrido encontró una gran cantidad de personas ebrias desparramadas en las veredas de la calle. Ya en plena plaza, donde se concentraba la muchedumbre que esperaba el paso interminable de bandas musicales y bailarines, ubicó a uno de sus contactos periodísticos, quien le informó que estaba ocurriendo un motín en la cárcel de máxima seguridad para indocumentados. La prisión se encontraba cruzando la frontera. Estaba en territorio estadounidense, en una ciudad llamada El Paso.

—¡Al diablo con la Virgen! —exclamó Giuseppe—. Esta fiesta popular ya no es noticia. ¿Cómo hacemos para llegar hasta la prisión?

—Un taxi. Debemos tomar un taxi —respondió el contacto.

Sin dudarlo, se dirigieron al lugar. Llegaron a la cárcel en veinte minutos. Hubiese sido en diez minutos, pero el control migratorio los demoró. Aunque el taxista fue más rápido de lo esperado.

Todo estaba aparentemente tranquilo. Los policías que custodiaban el lugar le dijeron a Giuseppe que no pasaba nada. Toda esa historia del motín de inmigrantes era solo un rumor. Estaba a punto de retornar cuando, de pronto, un ómnibus repleto de soldados de la Unidad de Asalto o SWAT entró en el patio principal de la cárcel. Allí se bajaron unos trescientos militares armados hasta los dientes.

Se formaron en dos filas frente a la puerta de ingreso de la prisión. Algo estaba pasando.

La vida en la cárcel es una de las peores experiencias humanas. Es tierra de nadie. La celda es lo único que te pertenece. Ni siquiera tu cuerpo te pertenece. Casi siempre le pertenece a otro o, en el peor de los casos, a otros. Es estar sumergido en lo más sucio y vil. Nadie se regenera allí, salvo el que tenga ganas de regenerarse. Y esos son nada. Es mentira que la prisión busca "resocializar" al reo. En la cárcel no hay ley que valga ni derecho que sirva.

En la cárcel, los gritos al amanecer son un mutis total. Nadie escucha lo que los habitantes de las celdas quieren decir.

La cárcel es vivir sin tener nada que hacer. Es una porquería. Diálogos sospechosos y frecuentes en los pabellones. Pensamientos que trastornan las mentes de los reos. Los guardias de seguridad no entienden lo que dicen los prisioneros. Muchos no hablan español.

Nada es distinto allá afuera. Aquí adentro eres el prisionero de las rejas. Allá afuera eres prisionero de todo a la vez. No hay rejas visibles, hay celdas invisibles.

—¡Quiero ser libre!

Recuerda tu culpa.

—Nunca hice algo malo.

¡Eres culpable!

—Sólo crucé la frontera para trabajar, para ayudar a mi familia.

¡Eso es un delito, tú viniste a robar, a matar, a traficar!

—Y tú ¿quién eres para juzgarme?

Eres nada.

—Somos nadie.

Eres prisionero de culpa.

—Ellos son libres.

Los sueños se hacen añicos adentro. Creer en ti mismo es engañarte. Debes seguir el sórdido camino de los que mandan en la prisión. No es la policía, son los de uniformes azules.

Huelen a muerte, a despojos, a carroña. Raído por un sueño frívolo, el inmigrante recluido tiene que imaginarse que estar en la prisión es lo mejor que tiene en ese instante y solo así entonces poder sentir que el lugar es agradable.

Hay depresión, llanto interminable de adultos y niños. Otros almacenan odio a sus captores. Muchos marginados están al borde de la esquizofrenia.

La comida en prisión es otra historia. Nunca saben qué es lo que se están llevando a la boca y al estómago.

Amor. Odio. Dolor. Rencor. Malicia. Injusticia. Discriminación. ¡Bienvenidos a la tierra de nadie!

De a poco y conforme transcurrían los minutos, más periodistas comenzaron a llegar. En un cerrar y abrir de ojos ya eran cerca de cuarenta.

Lo que ocurría en la prisión era un secreto a voces. Cámaras de filmación y de fotografía, radiograbadoras, teléfonos inteligentes, cuadernos, lapiceros y cigarrillos eran parte del equipo de trabajo de los periodistas presentes. Todos buscaban tener la noticia al instante y en primicia.

Los policías también se multiplicaron en un santiamén y formaron un gran cordón humano para evitar que los periodistas y algunos curiosos intentaran llegar a la puerta principal de la prisión. La desesperación de los hombres de prensa por tener que informar y la obligación de los militares por evitar que avanzaran pronto originaron el enfrentamiento.

—¡Queremos conversar con el jefe de la prisión o con el comandante de turno de la intervención! —gritó Giuseppe en nombre de todos los periodistas que se encontraban allí—. ¿Es que nadie puede dar razón de lo ocurrido?

—Por favor, señores periodistas, deben conservar la calma —dijo uno de los militares que formaba parte del cordón humano que evitaba que los hombres y mujeres de prensa avanzaran hasta la entrada principal de la cárcel.

—Es fácil para usted pedir calma —respondió otro de los periodistas—. ¿Qué pasa? ¿Es que no hay autoridad alguna que pueda explicarnos qué pasa?

—Vamos a informar que los inmigrantes presos están amotinados ante la ausencia de autoridades y que han tomado control del lugar y con rehenes —gritó otro hombre de prensa.

—Por favor, señores, deben conservar la calma. Nosotros solamente cumplimos órdenes —dijo, algo preocupado, un policía.

La tensión que se venía desarrollando entre los periodistas y los policías y militares se incrementaba cada minuto que transcurría. Los flashes de las cámaras fotográficas y las cámaras de televisión atacaban incesantemente, buscaban captar los rostros de los agentes de SWAT. Ellos detestaban salir en las noticias. Pronto serían vistos por todo el país.

Los militares actuaban beligerantemente. Los periodistas no se quedaban de manos cruzadas y también empujaban y tomaban fotos. Las cámaras de televisión continuaban apuntando a los rostros de los policías.

Finalmente, el control y la mesura llegaron a ambos bandos y la calma retornó. Esta calma era eventual, hasta un nuevo intento de avanzar por parte de los periodistas, y entonces todo volvía a ser violento.

—Ya estamos cansados de tanto "bonetón" —exclamó un reportero gráfico—. Alguien tiene que decirnos qué está ocurriendo adentro.

—¡Hey, miren! —gritó otro—. Están sacando unos carteles por las ventanas con barrotes de las celdas.

—Sí, es cierto. Ya los veo, están colgados en sus ventanas —dijo Giuseppe—, pero es difícil leer lo que está escrito.

—Estamos muy lejos —precisó una reportera—. ¡Hey, Maribel! ¿Por qué no usas el teleobjetivo de tu cámara fotográfica y tratas de leer lo que dicen los carteles?

—Esto se está tornando misterioso —opinó uno de los periodistas—. Creo que en cualquier momento revienta la cárcel.

—Tienes razón —respondió Giuseppe—. Esto será noticia mundial.

—No se lee nada. Sólo llegué a distinguir uno que dice: "Queremos justicia. No a los malos tratos carcelarios" —manifestó la fotógrafa.

—Debemos avanzar un poco más, aprovechando que están solo tres policías —motivó al grupo de periodistas.

El día estaba pronto a terminar. Todos seguían mirando atentamente la puerta principal de la prisión. Todo movimiento era noticia, hasta lo más irrelevante. Ambulancias entraban y salían. Tropas de soldados desfilaban a cada momento por los alrededores. Patrullas militares recorrían el perímetro de la cárcel.

Apenas el sol se ocultó, las luces de unos potentes reflectores iluminaron el camino de trocha y a los periodistas que se encontraban a trescientos metros, mirando atentamente la puerta de la prisión y cada movimiento que ocurría.

A manera de distracción, un borracho caminó hacía los periodistas y les dijo que desde su casa había visto todo lo que ocurría en la cárcel.

—Son varios policías azules muertos —dijo, sonriendo—. ¡Los inmigrantes retenidos los mataron porque abusaban de su poder y autoridad! Pero ahora les toca morir a ellos. En la cárcel existe la ley del talión: "ojo por ojo, diente por diente" —se rio a carcajadas.

Al parecer, el borracho estaba mintiendo o simplemente alucinando por su embriaguez. Apenas un militar vio que el alcohólico conversaba amenamente con los periodistas, se acercó y lo sacó a empujones. Luego se acercó a los hombres de prensa y les dijo que era uno de los que vivían muy lejos de la zona. Sutilmente dejó entrever que algo de lo que estaba ocurriendo no era verdad.

—¿Fumas?

—No.

—¡Hey! ¿Alguien quiere que le traiga algo? Voy a la ciudad a hacer unas compras —preguntó uno de los periodistas—. ¡Es la única oportunidad que tienen, muchachos y muchachas! Después no se arrepientan —precisó alegremente.

—¡Miren! —gritó Giuseppe mientras jalaba a su camarógrafo que estaba durmiendo en el piso en su *sleeping bag* color negro—. ¡Humo en el techo del pabellón de los amotinados!

—¡Los están atacando! —dijo un fotógrafo mientras disparaba un sinnúmero de fotos en cuestión de segundos con su cámara y el flash encendía fugazmente una luz en medio de la ligera penumbra.

—Esto es noticia —dijo Giuseppe—. Dará la vuelta al mundo.

—¿Escuchaste? ¡Son disparos! ¡Los están destrozando! —gritó Giuseppe mientras trataba de ponerse un segundo abrigo ante el terrible frío que hacía—. Esto acabará en unos instantes.

De pronto, un extraño olor comenzó a percibirse. El efecto inmediato era de picazón en sus gargantas. Luego comenzaron a lagrimear.

—¡Son bombas lacrimógenas! —exclamó uno de los fotógrafos—. ¡Están lanzando bombas lacrimógenas!

—Es para disuadirlos de su accionar —aclaró Giuseppe.

—No creo que logren hacerlos desistir. Acabo de leer otro cartel colgado que dice: "Nuestras medidas de protesta tendrán sangre derramada" —terminó de decir la fotógrafa Maribel.

—Tienes razón. Están decididos a todo. ¿Qué estará pasando allí adentro? —preguntaron.

—Desesperación y bronca —dijo Giuseppe—. El motín no terminará pronto, muchachos.

El motín en la prisión de máxima seguridad para indocumentados fue inesperado. Muchas versiones e hipótesis surgieron durante el desarrollo de este. La más creíble y posible fue la que el propio Chuto dio a una radio extranjera al comunicarse por teléfono celular. Según contó, fue a las tres de la tarde mientras cumplían el paseo rutinario de una hora por día. En ese momento aprovecharon que todos los reos estaban juntos y los policías también. Todos en un solo lugar, el patio. Fue fácil desarmarlos, indicó el cabecilla de la revuelta en prisión.

—Estuvimos preparados para este motín desde hace mes y medio —dijo Chuto al periodista extranjero—. Todo estaba fríamente calculado para el gran golpe. Habíamos estudiado al milímetro cada uno de los movimientos de los "azulitos" —finalizó.

—¿Cómo es que lograron realizar un motín exitoso? —preguntó el periodista.

—Muy simple. Acá en la cárcel salimos a pasear una

hora al patio principal, cuatro de nosotros por igual número de policías azules —dijo Chuto con voz ronca.

Chuto estaba afónico de tanto gritar durante la trifulca que trataban de controlar con bombas lacrimógenas. Mientras, leía en voz alta sus demandas para acabar con la rebelión.

—¿Y cómo es que la policía no se dio cuenta de su plan? —interrogó el hombre de prensa.

—Los cuatro que siempre salimos ya estábamos preparados hace meses con armas cortopunzantes que confeccionamos con unos fierros viejos que nos trajo un policía azul. Claro que nos cobró casi cincuenta dólares por un total de treinta fierros oxidados —continuó—. Ellos siempre están distraídos mientras damos vueltas y vueltas en el patio, fumando cigarrillos. De pronto, ¡zas!, los capturamos a los cuatro sin darles tiempo a sacar sus armas. Los atrapamos sin un solo disparo.

—¿Así de sencillo? —preguntó, extrañado, el periodista—. Parece poco creíble, hasta fantasioso.

—¡Créalo! La prueba es que tenemos a diecisiete "azulitos" de rehenes en el pabellón C —explicó Chuto—. Usted se estará preguntando ¿cómo es que logramos capturar a los demás "azulitos" si los otros reclusos estaban en sus celdas esperando su turno para salir a pasear?

—¡Claro! Entiendo que no fueron ustedes cuatro los que lograron tomar como rehenes a diecisiete policías armados. Mucho menos le creo si es que lograron su objetivo con simples fierros viejos.

—Ellos tienen un "azulito traidor". Es de los nuestros.

Él tenía las celdas abiertas, por eso en un zas capturamos y desarmamos a todos los que estaban custodiando el pabellón.

—¿Qué va a pasar de ahora en adelante? ¿Matarán a sus rehenes si no les conceden sus peticiones?

—No queremos matar a nadie. Solo quereros mejores tratos en la cárcel.

—¿Qué tipo de tratos? —interrumpió el periodista—. A su criterio, ¿los tratan mal?

—¡Claro que nos tratan mal! ¿Usted dormiría con tanto frío sin abrigos y cobijas para no tener que estar tiritando toda la noche? ¿Usted sería capaz de comer sus alimentos congelados? —cuestionó Chuto—. ¡Responda! ¿Quién cree usted y las personas de este país que somos? ¡No somos animales!

—Está usted exagerando —respondió el periodista.

—Esta cárcel no es un paraíso terrenal. Aquí nadie es dueño de nada. ¡Bienvenido a la tierra de nadie! Créeme, esto se tiene que acabar de una vez. ¡No podemos seguir viviendo de esta manera!

Después de estas palabras, la comunicación se cortó.

Chuto se puso a llorar en silencio. Era el líder del motín. Debía mantenerse firme, tenía que demostrar que era invulnerable en sus sentimientos y emociones. De ocurrir lo contrario, sería despojado de su puesto. Lloró en silencio, pensando en su detención y en lo que tenía que sufrir. Estaba arrepentido de haber cruzado la frontera, pero a la vez estaba resentido con sus opresores.

La desesperación comenzó por apoderarse de los reclusos. Por un momento, cada uno, en lo más profundo, comenzó a temer por su vida. Sabían que, si los agentes de SWAT ingresaban a la prisión y sus pabellones, simplemente los aniquilarían sin contemplación. Tal vez lograrían aliviar sus sufrimientos, pero la muerte no era lo más anhelado por cada uno de ellos como alternativa para dejar de lado sus avatares en la cárcel.

En la noche, todos los inmigrantes recluidos leyeron detalladamente y a una sola voz los diez puntos acordados en la reunión.

—Está de más esperar, Chuto —dijo uno de ellos—. ¿No te parece mejor si comenzamos matando a uno de los "azulitos"?

—¡Deberíamos empezar con este! —dijo el Chacal mientras cogía del cabello al que lo insultó y amenazó con deportarlo cuando lo detuvieron en una redada y lo trasladaron al centro carcelario para indocumentados.

—¡No podemos hacer eso, muchachos! Sería cavar nuestra propia tumba —precisó Chuto—. ¡Hay que pensar un poco y no actuar irracionalmente! Si tan solo matamos a uno de los "azulitos", ellos entrarán a aniquilarnos y todo esto acabaría. ¡No podemos dar alternativas de solución que los favorezcan a ellos!

—Pero, Chuto, ¿realmente crees que nos escucharán? ¡Ya estoy cansado de esta cárcel de abusos y discriminación! —manifestó el más joven de los adultos recluidos mientras golpeaba la pared.

—¡Cállate! —respondió el gordo Ponce, un inmigrante guatemalteco—. Se hará como dice Chuto.

Dicho esto, el gordo Ponce cogió del cuello al joven y, susurrándole al oído, le dijo:

—¡No quiero que vuelvas a hablar! Tu opinión es veneno para la causa.

—¡Ya suéltalo, gordo! —dijeron los demás al unísono.

—Sólo nos queda esperar el plazo que dimos y luego veremos qué hacer —terminó de decir Chuto con su acento venezolano—. Les pido que conserven la calma y tengan mucha paciencia, muchachos.

Aquella noche, el frío fue aún mayor, pero el calor de lo vivido hizo que pasara desapercibido.

Chuto no logró dormir, pensando qué haría si no aceptaban sus propuestas. No quería matar a los "azulitos", pero sabía que todos los demás lo presionarían para hacerlo. Se la pasó pensando cómo convencerlos de que matar a un "azulito" era matarse a sí mismos.

—¡Hey, capitán Fernández! —susurró uno de los "azulitos" rehenes—. ¡Capitán Fernández, despierte!

—¿Qué pasa, hijo? —respondió, aún medio dormido, el capitán.

—Escuche —le susurró en medio de la penumbra—. Están tratando de entrar por el otro pabellón.

—¡No! —susurró el capitán—. ¡Que se vayan y esperen! ¡Si los descubren, nos matan a todos!

—Parece que ya están cerca, mi capitán.

—¡Qué idiotas! ¿Qué les pasa? ¡Nos van a matar si los descubren! —dijo el sargento Aguirre, el único herido entre los rehenes por tratar de escapar—. ¿Quién les dijo que hagan eso?

—Es demasiado tarde. ¡Ya están cerca! Es cuestión de minutos —replicó el capitán Fernández—. Lo único que nos queda es estar preparados para un inminente enfrentamiento.

—¡Dios nos proteja a todos, muchachos! —aseveró el sargento herido, quien estaba perdiendo mucha sangre a causa del corte en el pecho que le infligieron.

El interior del centro de detención para inmigrantes indocumentados estaba cubierto por una nube blanca que hacía llorar a todos. Había algunos inmigrantes que en su desesperación se tiraban al suelo y se ahogaban en sus propias lágrimas. Era asfixiante.

Desde una pared, los agentes especializados en asalto, los SWAT, lanzaban bombas lacrimógenas sin descanso.

—¡Traigan los pedazos de tela humedecidos en agua! —gritó Chuto.

En esos instantes vino como un flash a su memoria el momento cuando fue detenido por los agentes de inmigración luego de una redada en una tienda comercial de un árabe que vivía en un barrio marginal de Nueva York. Él se encargaba de cargar las pesadas cajas de productos al sótano del local. Las escaleras eran su recorrido hasta el húmedo, maloliente y oscuro sótano.

—¡Rápido, debemos colocarnos los pedazos de tela para poder respirar!

—Están tratando de entrar por la puerta del pabellón C —se escuchó decir al fondo del lugar—. ¡Ustedes tres, corran a cerrar el portón automático!

—¿Cómo lo hacemos? —dijo Pilatos, otro de los inmigrantes detenidos.

Pilatos era alto y moreno. Se dedicó muchos años a la "pisca" o cosecha de fresas y legumbres en los valles de California.

—En el lado derecho hay un panel pequeño. ¡Oprime el botón verde del centro y se cerrará! —replicó Chuto—. ¡Vamos, rápido, antes de que entren o estaremos muertos!

—¡No saldrán con vida, malditos ilegales —gritó uno de los "azulitos", que estaba de rehén, recluido en una de las celdas—. ¡Todos van a morir por haber tomado el centro de detención en su poder!

—¡Cállate, desgraciado! —replicó el Chacal, un inmigrante campesino que estuvo implicado en la guerra civil salvadoreña.

El Chacal siempre contaba, mientras estaba en el comedor con otros inmigrantes detenidos, procedentes de distintos países de Latinoamérica, que el conflicto bélico interno ocurrido en su país fue entre el Ejército gubernamental, conocido como la Fuerza Armada de El Salvador, y las fuerzas insurgentes del Frente Farabundo Martí para la Liberación Nacional. Alardeaba de que el conflicto armado nunca fue declarado en forma oficial; se desarrolló en los ochenta. Recordaba, entre nostalgia y tristeza, que el número de víctimas de esta confrontación armada fue de unos 75 mil muertos y desaparecidos. Pero luego su nostalgia se veía acompañada de alegría al recordar que el conflicto armado concluyó luego de un proceso de diálogo entre las partes con la firma de los Acuerdos de Paz de Chapultepec, que permitieron la desmovilización de las fuerzas rebeldes y su incorporación a la vida política del país.

Él era uno de ellos. Uno de los rebeldes que tuvieron que escapar de su país y, tras vivir muchos años en México, decidió un día cruzar la frontera, pero la Patrulla Fronteriza lo detuvo junto a otros treinta inmigrantes.

—¡Muchachos, lo logramos! —gritó Pilatos en alusión a que pudieron cerrar el portón automático antes de que los militares ingresaran.

—¡Bien hecho! —dijeron todos los inmigrantes mientras vitoreaban el nombre de Pilatos.

Pasaron algunos minutos y el humo de las bombas lacrimógenas se disipó.

Chuto llamó a cada uno de sus líderes de pabellones para planificar los siguientes pasos a tomar en cuenta para que el motín fuera un éxito. Tenía en mente redactar un comunicado que posteriormente sería leído por todos los reclusos al unísono. En el documento sustentarían todos los puntos de vista en relación con los tratos en las cárceles de detención de inmigrantes. También plantearían las medidas a tomar si no acataban sus peticiones.

En la reunión decidieron que, si no acataban sus pedidos, en dos días empezarían a matar a los diecisiete policías azules que tomaron como rehenes. Era 17 de febrero.

El 19, muy temprano, antes del mediodía, las autoridades tendrían que responder.

Las luces de los reflectores se volvieron a encender. Los disparos comenzaron a escucharse con gran intensidad. Las ráfagas de metralletas ensordecedoras causaban un efecto de espanto en Giuseppe y los demás periodistas.

Gritos y aullidos indescriptibles se oían en el interior. Era el dolor de las balas que se incrustaban y perforaban el alma de los reclusos inmigrantes (o quizá de los "azulitos" que estaban de rehenes).

Despertó, asustado. Una gota de rocío cayó sobre la frente de Giuseppe, quien dormía en la camioneta. Todo había sido un sueño. Aún los inmigrantes reclusos se encontraban en sus pabellones, los carteles seguían, movidos por el viento, colgados en las ventanas de las celdas. Los rehenes continuaban conversando, atados de manos y pies, y las sombras azules intentaban colarse por los muros de la desesperación para recuperar el control de la prisión de inmigrantes indocumentados.

FUE MAYO Y EN PRIMAVERA

"Espero que las personas finalmente se den cuenta de que solo hay una raza —la raza humana— y que todos somos miembros de ella".

Margaret Atwood

Es tan rico saber y sentir que un milagro de vida está ahí adentro, pensó mientras preparaba la máquina cortadora de césped.

La frase no sonó nada trillada en su mente. Tenía treinta años. Era 3 de marzo del 2002, cuando su esposa le dio la noticia de que estaba embarazada. Tendrían su primer hijo o hija. Realmente aún no lo sabían.

Los puentes de Nueva York encendieron sus luces. A lo lejos se veía el cielo manchado de nubes anaranjadas. Era primavera en Estados Unidos de Norteamérica y la noche caía más tarde que nunca. A él le sorprendía que, pasadas las ocho, recién la noche se hacía presente.

—¿Para quién es el regalo, mi amor? —preguntó, algo intrigado, mientras cruzaban la calle.

—Para mi mamá. Es una sorpresa —replicó ella.

—¡Qué bueno, ojalá le guste!

—¡Claro que le va a gustar, ya verás! —dijo ella con una disimulada sonrisa.

De saber que en esa caja de regalo estaba cargando la sorpresa más agradable, él hubiese gritado de felicidad en el parque por el que caminaban.

—Quería compartir con ustedes algo especial, ya que los considero mis amigos y porque tanto mi esposo, yo y mi mamá decidimos iniciar una nueva etapa en nuestra relación. Ustedes saben que no fue muy agradable que digamos, pero hace unos días decidimos iniciar una buena relación y es por ello que quisiera darles, como muestra de que está el perdón presente, este regalito. Es para los dos —finalizó ella.

Juntos, él y su suegra abrieron la caja y buscaron el regalo.

Con cuidado, él comenzó a desenvolver el papel de regalo y descubrió un aparato diminuto parecido a un termómetro, aunque un poco más ancho y plano.

—¿Qué es esto? —preguntaron al unísono él y su suegra.

De pronto, al voltear el instrumentillo de color blanco, leyó la palabra en inglés *pregnant,* que significa embarazada, y se percató de dos rayas rojas muy delgadas y paralelas una a otra que indicaban que la prueba rápida del embarazo era positiva.

—¡Estás embarazada! —exclamó él mientras se le humedecían los ojos.

—¡Sí! —dijo ella con una enorme sonrisa dibujada en su rostro.

Las lágrimas que dejó correr por sus mejillas conmovieron a todos los amigos. Durante largos minutos, la reunión se convirtió en un "lacrimógeno instante" de felicidad y satisfacción.

Mientras tanto, ella, una y otra vez, dejaba ver los flashes que su cámara lanzaba por cada foto que tomaba. Ella quería captar todas sus expresiones a la vez que sonreía tiernamente.

—Se siente rico saber que tendré un hijo o hija —pensó mientras posaba para una foto grupal.

Él, ella y la suegra eran tan solo tres de los once millones de personas que estaban en la "ciudad de los rascacielos" a escondidas.

Afuera, la persecución era feroz. Por eso vivían escondidos como si fueran parias, malhechores, criminales.

Su escondite lo compartían con varias personas: una casa alquilada en un vecindario olvidado, peligroso, descuidado y viejo.

Eran quince personas en una casa de dos pisos con diez dormitorios, una cocina y cinco baños. Había que compartirlo todo.

Eran una familia de desconocidos que se conocían poco a poco.

Él trabajaba en *landscape,* era jardinero. Siempre que iba a las mansiones del Upper East, sus ojos se abrían en gran manera y sus pensamientos volaban hacia una fantasía efímera que se disipaba al primer sonido de la cortadora de césped y el grito de Juancho.

—¡Pablito, encárgate de los bordes del jardín, agarra la máquina y empecemos, que tenemos tres mansiones más!

—¡Dale, yo me encargo! —gritó él casi sin que lo escucharan.

Por un instante pensó en lo grande de la injusticia. Por otro, también reconoció que era un nuevo empezar. Eran nuevos en la Gran Manzana.

Había que volver a comenzar.

Ella trabajaba como lavaplatos en uno de los restaurantes más costosos de Park Avenue. Había que llevar refrigerio. Estaba prohibido comer en el restaurante. Todo era fino, incluyendo los alimentos. Los camarones eran traídos de criaderos de Europa, la carne era exportada de Argentina, las papas eran cosechadas en Perú, los aguacates procedían de México, el café era colombiano, el delicioso cacao era la "colección de oro" de Centroamérica.

El chef era talento contratado desde Francia. No se podía comer la comida del restaurante. Hacerlo era enfrentarse al "paredón de fusilamiento". Era seguro quedar inmediatamente despedido.

Por eso, unas buenas enchiladas eran el menú de ella.

La suegra se quedaba en casa. Para ella trabajar era un lujo que no se podía dar. A sus 65 años, sus fuerzas menguaron y no podía permanecer más de diez minutos parada. El sufrimiento en su país la desgastó.

Por eso huyeron. Allá también la persecución era feroz. La dictadura en su país estaba por su decimoquinto año. La pobreza era extrema. Había que huir. A como diera lugar. Arriesgándolo todo.

Empezar de cero no era tarea fácil.

Terminada la jornada empezaba otra. La de regresar a casa sin ser descubiertos.

Cautela, disimulo y ojos bien abiertos era la tarea final.

Así eran los 365 días del año.

—Si eres de la "generación de los sonogramas", te diré que el día que le practicaron la prueba a tu madre fue tu primera fotografía. Tal vez no lo recuerdes, pero déjame decirte que tus padres lo tienen grabado en la memoria —dijo mientras acercaba sus labios a la barriga de ella, la cual iba creciendo más y más cada día.

—Para mí y tu papá fue la foto más fascinante, ya lo verás —habló ella—. ¡Estuviste como Dios manda! Precioso, preciosa, bello, bella, perfecto, perfecta.

Ella dijo ambos géneros, ya que no sabían aún si sería niño o niña.

Fue un día especial. Tenían que ir a la cita y estaban algo nerviosos. Sabían que lo verían por primera vez.

—Entraré al fin a tu mundo interior. No se volverá a repetir, sobre todo cuando tengas tu cuarto. Siempre tocaremos la puerta para entrar —dijo una vez más, hablando con la barriga de su esposa.

—Al fin, ahí estás, en blanco y negro, con la cabecita

en formación, las manitas, los deditos, los pies, las piernas. Creación en crecimiento. ¡Maravilla en desarrollo! —sentenció la madre.

—Ahora ya sabes que tu primera foto no será la que te tomemos el día que nazcas; esa será una más de tus fotos. La primera la tomamos hoy 20 de septiembre del 2002 a las tres de la tarde, tenías cinco meses y siempre lo recordaremos —dijo él mientras se secaba las lágrimas que recorrían su bronceado rostro.

—¡Siempre te recordaremos aquel día como siempre estuviste, desde el principio, bella, bella! Precioso, preciosa. ¡Perfecta, perfecto! —dijo ella mientras se frotaba con ambas manos la voluminosa barriga que traía consigo.

Él y ella estaban sentados en el sofá de la sala. La preocupación de ambos por la falta de dinero no solo los desalentaba, sino que los confrontaba.

Ella, mucho más realista, sabía que había que trabajar el triple.

Él, mucho más idealista, decía que todo estaría bien, que había que disfrutar el momento.

Aún estaba en su memoria el artículo que leyó en el New York Times, una prestigiosa revista que decía que criar un hijo en Estados Unidos cuesta aproximadamente cincuenta y dos mil dólares durante los primeros doce a dieciocho meses.

—¡Será una locura! No hacemos esa cantidad de dinero, ni siquiera los dos juntos —sentenció ella.

—Tranquila, todo estará bien.

—Al menos dime que buscarás un nuevo trabajo —preguntó ella.

—¿Me estás pidiendo que deje el trabajo de jardinería? —increpó él.

—¡No! A lo que me refiero es que debes conseguir otro trabajo. Un segundo trabajo —replicó ella.

—Eso no será fácil.

—No es una opción, es una obligación.

Paulatinamente, ser inmigrante en esa inmensa ciudad dejaba de ser un sueño hecho realidad. Comenzó a ser una pesadilla. Comenzó a ser una agridulce experiencia.

Estaba riéndose a carcajadas luego de ver ese comercial. Era tan entretenido ver al hombre de anteojos y con cara de despistado repitiendo con un teléfono celular en la mano y pegado a la oreja:

—¿*Can you hear me?*… *Good.*

Luego el mismo hombre, preguntando una vez más en el tren:

—¿*Can you hear me?*… *Good.*

Finalmente en un ascensor, con el mismo celular en la mano:

—¿*Can you hear me?*… *Good.*

Obviamente, el mensaje publicitario era claro. Es irónico tener un celular y estar todo el día, adondequiera que uno vaya, preguntando ¿*can you hear me*? (¿puedes oírme?).

Eso le causaba tanta risa. Sabía que, más de una vez, todos los que tienen celular han hecho esta pregunta.

—¿Puedes oírme?… Bien.

Después de saber que su esposa estaba embarazada, no había día en que él no se acercara a la barriga y preguntara:

—¿Puedes oírme?… Bien.

Continuamente, día a día, acercaba su boca lo más cerca que podía a la barriga en crecimiento de su esposa y hablaba tiernamente con su hijo.

—¡Te amo tanto! —susurraba—. Siento que puedes oírme.

La policía de inmigración era implacable. Todos se preguntaban cómo es que podían dar con la ubicación de los inmigrantes considerados indocumentados.

—¡Pero yo tengo documentos! —dijo él—. Tengo en mi país mi documento de identidad, pasaporte, cédula militar y hasta la virgencita que venero es parte de mi identidad.

Ya las redadas eran cada vez más constantes. Muchas amigas de ella ya habían sido arrestadas por Inmigración y separadas de sus hijos y familiares.

Confinados en una denominada cárcel de inmigración, esperaban una audiencia judicial para ser deportados, expulsados del país.

El trato dentro del centro de reclusión colindaba con el maltrato. Estar recluido ahí era como ser un reo de una de las prisiones de nuestros países.

—¿Eso realmente era algo que puede pasar en el país más poderoso del mundo? —se preguntaba él.

¿Era real? Podría gritarlo al mundo, pero nadie podía escucharlo.

—Es mi responsabilidad saber lo mínimo que implica la experiencia de ser padre. El alumbramiento de mi hijo o hija está a la vuelta de la esquina —pensaba mientras corría en la máquina *cross fitness* del gimnasio al que iba disciplinadamente.

La televisión mostraba una de las series cómicas del momento. De pronto, un comercial de bebés. El mundo le daba mil vueltas.

Volar y volar, eso era lo que siempre hacía en su rutina de ejercicios. Pensar en su esposa embarazada y en su bebé que vería la luz del mundo en ocho meses era un buen ejercicio mental y emocional a la vez.

—Un café sin cafeína, por favor. ¡Ah!, también un pastel de fresas con crema de caramelo —pidió a la vendedora que estaba sonriendo detrás del mostrador de postres.

La tentación era grande, pero el pastel no estaba en su dieta. Su meta era formar un cuerpo lo suficientemente atlético como para cargar a su recién nacido por horas y horas. También el trabajo lo obligaba a "estar en forma".

Llegando a casa, su esposa estaba viendo su novela en compañía de sus dos perros. Por supuesto que la dulce sorpresa del pastelillo y el café le arrancaba unos gritos de júbilo y ternura. Un beso y un "gracias, mi amor" ponían el toque de miel en la casa.

—Es cierto. La expresión "está en dulce espera" es correcta. Toda mujer embarazada endulza su entorno familiar y social —les explicaba a sus amigos mientras sembraban algunas flores en el inmenso jardín de las mansiones de Park Avenue.

Las expresiones de algarabía en todos aquellos familiares a los que comunicaba la noticia del embarazo retumbaban en sus oídos.

El libro titulado *Lecciones completas del embarazo y el nacimiento* era leído pacientemente. Sobre todo porque estaba escrito en inglés, pues le tomaba un poco de tiempo traducir algunas palabras y expresiones. A decir verdad, no le tomaba un poco de su tiempo, le tomaba gran parte de su tiempo.

"El embarazo semana por semana" se titulaba un capítulo del libro.

—A ver, a ver… ¡Aquí está! —dijo en voz alta.

"La tercera semana, el embrión es una masa de células. La cuarta semana, no notarás ninguna diferencia en tus hábitos de vida. La quinta semana, el embrión es de dos milímetros de largo, aproximadamente. La sexta semana puede ser que tengas náuseas durante las mañanas o cuando huelas carne cocida. Tu vagina tomará un color violeta. El bebé está desarrollando su cabeza y su cerebro aún es rudimentario, pero está en formación. Al final de esta semana, la circulación del pequeño comienza a funcionar, la mandíbula y la boca están en desarrollo".

Para él era increíble descubrir estas maravillas de la creación. Su hijo estaba poco a poco tomando la forma de un ser humano. Lentamente, pero de manera perfecta, en la barriga de su esposa se formaba un bello ser que en ocho meses vería la luz del mundo e iluminaría la vida de sus padres.

El libro tenía aún más cosas que enseñarle y eso era fascinante.

El televisor seguía prendido por horas. La única distracción era ver las novelas. De pronto, un informe de último minuto interrumpió la escena de besos apasionados de los protagonistas del "culebrón mexicano".

—Un creciente porcentaje de inmigrantes detenidos bajo el gobierno del presidente de Estados Unidos de Norteamérica bate récords históricos —dijo la presentadora de las noticias.

—¡Esto es una locura! —gritó la suegra desde la cocina mientras aderezaba unos tamales.

—Mamá, esto es de temer —replicó ella.

Más de setenta y nueve mil inmigrantes han sido arrestados en operativos rutinarios del Servicio de Inmigración del país. Y eso solo indica estadísticas de la primera mitad del año.

—El gobierno de Trump podría detener en bases militares a los niños atrapados cruzando la frontera ilegalmente —continuó informando la presentadora del noticiero.

—¿Te imaginas si eso le pasa a mi hijo o hija que está por nacer? —reflexionó ella—. ¡Yo me muero!

—No pasará eso, mi hija. La virgencita nos protegerá.

La noche cayó y ambas se fueron a la cama a dormir, pero con un temor interno que no querían expresar.

La foto era conmovedora. Es increíble cómo dos dedos de un adulto pueden sostener toda la manita de un recién nacido.

Pasó varias horas imaginando el día que tomaría la mano de su hijo o hija. Su inmensa mano tocaría esos frágiles y suaves deditos.

—Uniremos nuestras manos por primera vez y nos conectaremos por siempre. Seremos una sola fuerza —pensó mientras sonreía.

En fin, la foto era un folleto promocionando el Hospital Roosevelt. Ofrecía el mejor y más sofisticado centro de nacimientos en toda Nueva York. El 17 de mayo tomaron un tour por el tan comentado centro de nacimientos. En la reunión se encontraban más de veinte parejas. Por supuesto, todas las mujeres asistentes estaban embarazadas. El objetivo era conocer las alternativas que ella tendría para dar a luz.

La mujer rubia explicó que hay tres formas de dar a luz.

En el tradicional, que es cuando llega la hora de los dolores de parto, hay que internarse, alumbrar y trasladarse a un cuarto de recuperación con el bebé y luego de trece horas es posible irse a casa.

En el semiprivado, se dispone de un cuarto con *jacuzzi* y una cama extra para que el esposo o cualquier otro pariente pueda dormir si se necesita compañía.

El que deseaban era el tercero, en el que se tiene un cuarto inmenso con una cama tamaño *queen* y baño con *jacuzzi* y en el que toda la familia puede presenciar el nacimiento. Es como dar a luz en un hotel. Era increíble esa alternativa. Según la rubia, era el único centro médico que brindaba esa posibilidad de alumbramiento.

—Esta es la mejor opción que tenemos para ofrecerles. Privacidad, elegancia, exclusividad y lo que marca la diferencia es que su hijo jamás será separado de la madre y los familiares —dijo la mujer rubia mientras sonreía sutilmente—. Además, el recién nacido es atendido en todo momento por las enfermeras encargadas en la habitación —continuó explicando—, pero tienen que tener en cuenta que, si la madre está en perfectas condiciones, a las pocas horas de dar a luz puede irse a casa con su bebé en brazos.

Estas últimas palabras sorprendieron a todos, pero la mujer añadió esta frase que para los asistentes fue inolvidable.

—Dar a luz no es un síntoma de enfermedad, por lo que no es necesario quedarse en el hospital varios días. Si la mujer se siente bien, tan solo bastan unas horas de reposo posparto y deben ir a casa. Contrario a lo que ustedes piensan, dar a luz es una muestra de buena salud.

—Eso fue hermoso y motivador —pensó ella mientras sujetaba muy fuerte la mano de su madre.

Luego de casi dos horas, los tres se retiraron soñando con el mes de diciembre o enero, fecha en que su primogénito o primogénita saldría de su hábitat oscuro y mojado para ver la luz.

—Imagínate que estás lejos de casa y eres un niño pequeño. De pronto, un agente de inmigración te despierta en medio de la noche, te ponen en un autobús y te envían por todo Estados Unidos de Norteamérica para que finalmente llegues a un centro de detención con cientos de tiendas de campaña o carpas levantadas en un desierto donde el calor ronda entre los cien y ciento diez grados Fahrenheit —dijo ella mientras su madre estaba envolviendo unos tamales de maíz.

—Y pasar muchas horas, días, meses y hasta un año junto a miles de otros niños —reflexionó la madre— mientras te carcome el alma una interrogante que te plantea lo siguiente: ¿podrás recuperar tu niñez?

Muchos de los niños que vieron durante su travesía por la frontera son aquellos que desesperadamente escaparon de países envueltos en una macabra violencia.

—Estos niños tuvieron que cruzar, solos, países enteros y al final de la travesía descubren que su derecho a solicitar asilo exige primero que sobrevivas al campamento —sentenció ella.

—Y sentir que ese campamento se asemeja a un centro de detención de criminales —acotó la madre.

—En vez de asemejarse a un albergue de menores — susurró ella.

Según el diario The New York Times, esta es la realidad que enfrentan, experimentan y viven alrededor de catorce mil niños migrantes que están recluidos en cientos de centros de detención del país.

Los periodistas incansablemente informan que a medida que el presidente acelera la construcción de estos campamentos, el gran negocio de los centros de detención para menores migrantes continuará creciendo —explicó él mientras veía el partido de fútbol americano entre los Bucaneros de Tampa Bay y los Patriotas de Nueva Inglaterra.

Al pensar en el nacimiento de su bebé y lo que podría enfrentar en su niñez, comenzó a desdibujar lentamente su sonrisa y unas lágrimas humedecieron su rostro.

Eran las tres de la madrugada. De pronto despertó asustada, sudando, y vio al costado de la cama. Él no estaba. Buscó su teléfono celular para llamarlo.

Nadie contestó.

Encendió la radio. De pronto, una canción comenzó a sonar.

Me levanto en tu fotografía, me levanto y siempre estás ahí, estás tú en el mismo sitio y cada día la misma mirada, el mismo rayo de luz. El color ya no es el mismo de antes, tu sonrisa casi se borró y, aunque no se note en blanco y negro, no me desespero, uso mi imaginación. Nadie tiene un pacto con el tiempo, ni con el olvido y el dolor. Si desapareces, yo te encuentro en la misma esquina de mi habitación…

La puerta de su celda se abrió. Le dijeron que ingresara. La celda se cerró. El agente carcelario le dijo que sería deportado en las próximas veinticuatro horas.

RAÍCES

"El tiempo existe sólo para mostrarnos que estamos de paso".

Anónimo

Aquella cruz en lo alto de la Plaza de Armas se veía pequeñísima desde la banqueta. Era inmensa la estructura de piedra a la que los buenos vecinos llamaban la Catedral de Lima. La falta de color en el cielo de la capital era adordado con árboles y plantas que en la plaza y avenidas surgían como soldados. En los comienzos del siglo era, a pesar de las preocupaciones de un señor llamado Federico Elguera (el primer alcalde limeño elegido con el voto popular), una ciudad limpia y ordenada. Mantenía una unidad arquitectónica en sus edificaciones que hoy en día se trasluce especialmente en las casas que rodean la Plaza Bolognesi y Dos de Mayo y en la avenida Colmena.

Palmeras y plantas. Hasta la Plaza de la Inquisición estaba ornada de frondosos árboles y jardines. En el tradicional Puente de Piedra, el verde reverberaba en los recodos del río Rímac. En la Lima del pasado, las casas tenían huertas con árboles que, a veces, se levantaban más altos que sus techos.

—Son bellas las fotos que tomaron los hermanos Wenceslao y Andrés Herrera, ¿no es cierto, Pablo?

—Sí, realmente deberíamos haber nacido en esos años y no ahora.

—¡No reniegues! ¿Tienes aún caramelos pa vender?

—Sí, Felicia. ¡Mira esta foto! Es la avenida Tacna. No existían vendedores de caramelos como nosotros, pe causa.

—¡Sí había, pe! Lo que pasa es que no se habían bañado en la pileta de la plaza y no les aceptaron que salgan en la foto —retumbó en carcajadas.

—¡Fuira de acá! Eres bien alucinante, Felicia. ¡En esa época no había pobres!

—Mi mamama me dijo que ella y su familia tenían muchas cosas bonitas en casa y por supuesto comían bien harto, oe.

—¡Anda! —dijo, admirado por la seguridad con que Felicia contaba sobre la mamama—. Qué bacán habrá sido vivir en esa época, ¿no?

—¡Ni tanto, oe! Sí había pobres, pe. Hace un ratito nomás te he dicho que sí había. Mi papapa me contó que tenía un amigo que era pobre. ¿A que no adivinas qué vendía?

—¿Qué cosa?... Espera... ¡Ya sé!... ¿Chocolates y pipas?

—¡No seas, pe, Pablo! ¡Bien bruto eres, pe causa!

—Vendía latas de aceite vacías que recogía de las haciendas pitucas. ¡De verdecito chochera!

—Oe, Felicia, y ¿qué hacía con las latas esas? En mi casa hay harto de eso. Podría haberle vendido todas y tener un montón de billete para ir al pinbol. ¡Ta, qué piña, oe!

—¡Él las recogía, sordo! ¡No compraba! —dijo en voz alta—. Además, cuando un día fui a su casa, allá en el Cerro Colorao, tenía bastantes latas oxidadas, negras y grasosas. Olía a patitas fritas —dijo mientras miraba imaginariamente al cielo, como soñando ese momento, y se relamía los labios.

—¿Él?

—¡No, bruto! Su taller. ¿Qué te pasa, Pablo? —inquirió, preocupada—. Hoy te levantaste mal del cerebro. Ya te dije que debemos dejar de oler Terokal.

—Hace días que no lo hago. No vendo muchos caramelos y en mi casa mi papá me espera en la puerta para quitarme el billete que hago en el día.

—Bueno, ese día que entré a su taller —continuó relatando—, todo el piso estaba resbaloso por las gotas de aceite que caen. Tantos años trasladando estas viejas latas desde su carretilla hasta el almacén. Pero huele a patitas fritas. ¿Sabes?, un día deberíamos ir a su casa.

—Las patitas fritas huelen rico… ¡Oe, Felicia, vamos ahoritita!

Cruzaron la calle y empezaron a caminar, sin presagiar que nunca llegarían a la casa del amigo del papá de Felicia. Un lugar poco deseable pero apasionante ocuparía la atención de ambos.

Felicia tenía catorce años de edad. Pablo recién cumpliría nueve en diciembre. A pesar de la diferencia de edades, ambos habían congeniado. Hacía seis meses se habían conocido en la avenida José Granda. Los dos coincidieron en aquella avenida de luces de neón vendiendo caramelos y cigarrillos. Desde que se vieron en el mismo semáforo, se hicieron buenos amigos.

—Hey, Felicia —susurró Pablo mientras dejaba ver su rostro pasmado ante semejante estructura arquitectónica—. ¿Qué lugar es este, ah?

—¡Yo qué sé! Perece un cementerio —atinó a decir Felicia mientras observaba un mausoleo con la imagen de un búho.

—¡Sería bueno entrar!

— ¡Estás loco! Es la casa de los muertos, Pablo. ¡Qué te pasa! —exclamó mientras se santiguaba—. ¿Acaso quieres que te jalen de la pata?

—No seas, Felicia —dijo como burlándose—. ¿Crees en esas tonterías? Anda, ven y sígueme.

Pasear entre nichos, criptas y mausoleos tal vez no sea el pasatiempo ideal para una tarde calurosa. Sin embargo, la belleza artística y las pinceladas de historia que contenían las veinticuatro hectáreas del viejo camposanto Presbítero Maestro, en Barrios Altos, bien se merecía un tour necrológico.

Felicia y Pablo, por supuesto, no sabían nada de esto, pero ahí estaban, en medio de la casa de los muertos.

Habían avanzado unos metros en medio de tantas tumbas cuando un viejo canoso y vestido de traje marrón con sombrero de copa rojo se les apareció en el camino y se presentó como el señor Bernardino Sifuentes.

—Aunque siempre me ha parecido desoladora esa extraña fascinación, encubierta de nostalgia, que muchas personas sienten al visitar los cementerios, resulta inevitable contagiarme, sobre todo al deambular por los silenciosos pasadizos del antiguo Presbítero Maestro —dijo ininterrumpidamente el canoso señor Bernardino a la vez que sacaba de su bolsillo un par de chocolates.

—¿Sabe que nosotros entramos de casualidad aquí? —dijo Pablo, algo sorprendido por la inesperada aparición.

—Sí, Pablo tiene razón —intervino Felicia—. Y ya nos vamos… ¡Adiós!

—¿Pero no desean conocer esta belleza histórica?

—¡Sí! Felicia, ya pe, quédate —exigió Pablo.

—Tan solo al traspasar el portal principal…

—¡Claro! —interrumpió Pablo—. ¡Yo me acuerdo! Es la cuarta puerta, según el carmelita clavado en la entrada.

—Las amarillentas esculturas —continuó el señor canoso— y mármoles tallados por hábiles artesanos y artistas del siglo pasado envuelven a quienes amamos la casa de los muertos, reclamando la atención que al parecer hace mucho tiempo nadie les ofrece.

—Y usted, ¿pa qué está aquí? —precisó, algo fastidiada, Felicia a la vez que sacaba el chocolate de su envoltura—. ¿No debería ser su trabajo cuidar de este aburrido cementerio?

—No le haga caso, señor. Así se pone cuando está aburrida. Además el patita que le gusta no le da bola y por eso esta así de fregada —dijo Pablo, como excusando la actitud de su amiga.

—Felicia, si escuchas con atención lo que voy a contar y disfrutas de lo que verán aquí en la casa de los muertos, prometo enseñarte algunos secretos para conquistar al patita que te gusta.

—¡Si es así, me quedo! —respondió la jovencita mientras soltaba una carcajada.

Por un instante, Felicia cerró los ojos y lo vio entrando al cementerio con un ramo de flores, acercándose para besarla entre las escalofriantes tumbas. Pero al abrir sus ojos, solo vio que la realidad le mostraba al viejo y a Pablo. Esbozó una sonrisa entrecortada.

—Yo llevo tres décadas aquí. Todos los días repaso los nombres de cada una de las lápidas. Allá está mi bicicleta. Sin ella me hubiera cansado hace años. Es mi mejor ayuda. Esa bici es mi mejor aliado.

—Bueno, ¿por dónde empezamos, señor Bernardino? —exigió Felicia—. Quiero terminar lo más rápido posible para saber los secretos de conquista que me prometió enseñar.

—¡Vengan por acá!

Caminaron unos doscientos metros hasta que llegaron frente a una sencilla caja de cristal cerca de la entrada. Se trataba del Cristo Yaciente. A él venían a rezarle multitudes de feligreses que tienen a sus muertos entregados aquí en el campo santo.

—¡Felicia! Acá es donde viene mi papá a rezar por mi abuelo Filemón. Ahora entiendo por qué desaparece los domingos desde muy tempranito. Mi vieja piensa que tiene otra mujer. ¡Mi viejo sí que es devoto!

—Yo te dije, Pablo. Las mujeres somos bien mal pensadas, pero los viejos también se las buscan. No vas a negar que ustedes los machitos son recontramujeriegos.

—¡Tranquila, pe monjita de convento! Por ahí me enteré de que el patita que te gusta es supertramposo.

—¡Estás loco! —dijo ella, rechinando los dientes—. Eres un imbécil si crees lo que te dicen de él.

—¡Ya! Muchachos, paren de discutir y sigamos conociendo la casa de los muertos.

—Ya pe, Felicia, no seas picona. ¡Está bien! El patita ese que te gusta es lo máximo, es el hombre más fiel de la tierra. ¡Ese es tu hombre, Felicia!

—El primer morador del camposanto fue la religiosa Flor de María y la Cruz. Sin embargo, es probable que los restos de la hermana Flor de María, tras casi dos siglos de ocupar el mismo predio, se muden de alojamiento para dar paso a la construcción de nuevos nichos.

—A quién carajo le importa la tal Flor de María —pensó Felicia.

—Aquí en el país, moriremos muchos, ¿no, señor? —cuestionó Pablo.

—Sobre todo los que menos tienen. Claro, si no hay ni pa comer —replicó inmediatamente Felicia.

—Todos moriremos, muchachos.

—Pero no todos por la misma razón, señor.

—Bernardino —precisó Pablo—. ¡El señor tiene como nombre Bernardino!

—Les decía que todos mueren por las mismas razones. Muchos aquí mueren por culpa de los más ricos.

—Oye, Felicia, los ricos también mueren y muchos por culpa de los pobres.

—¿Qué dices, pequeño inculto?

—Claro, muchos pobres son delincuentes y asesinos.

—Bueno, tienes razón, Pablito. Debo admitir que hoy sí hablaste como un educado —dijo Felicia con una risa sarcástica.

—¡Gracias, muchas gracias! —respondió Pablo de manera burlona.

—Saben, muchachos —recalcó Bernardino—, fue realmente interesante lo que hablaron.

Una enorme sonrisa se dibujó en los rostros de ambos menores. Estar conversando y paseando con el señor Bernardino los hizo olvidar por un momento su situación de pobreza.

Lo que sí olvidaron por completo fue ir a la casa del amigo de su papá que tenía bastantes latas de aceite que olían a patitas fritas.

—Esta es la dirección, pe Pablo. Aquí en el papelito dice calle Huallaga 236.

—Ya lo sé. Estoy leyendo —respondió Pablo.

—Bueno, ¿tú o yo? —preguntó Felicia.

—Tú —aseveró Pablo raudamente.

Tras tocar la puerta, una anciana un tanto jorobada y con espejuelos colgantes los atendió cordialmente y los invitó a pasar. Les dijo que esperaran un momento mientras avisaban de su presencia al conde Bernardino Sifuentes de la Bastilla.

Una enorme sala con muebles antiguos, una mesa larga de madera, candelabros colgantes de plata y de bronce esculpido en una de las esquinas daban un toque palaciego a la casona. Olor a madera añejada. Libros colocados ordenadamente en la inmensa biblioteca. Luz tenue. Cortinas granate. El eco de las voces complementaba cada conversación.

—Bien bonita es la casona, oe. ¡Yo voy a vivir en una así!

—Ya, pe Felicia, ¿te gusta esta casa? Es recontraoscura, oe. Se parece a la casa del Conde Drácula —precisó Pablo, riéndose—. Además, el tío Bernardino es conde. ¡Qué tal sí es pariente de Drácula!

—¡Eres bien pero bien idiota!

—Ya, pe Felicia. Tampoco así, pe.

Los pasos apresurados del conde Bernardino interrumpieron la conversación.

—Buenas, muchachos. ¡Bienvenidos a su casa!

—¡Gracias! —respondieron al unísono.

—¿Qué les parece la casa?

—Es grandeza, oe —dijo Felicia—. Sabe, señor, yo algún día tendré una casa así de gigante, pe.

—A mí me parece que es la mansión de Drácula —precisó alegremente Pablo.

Todos soltaron carcajadas que retumbaron en toda la casa.

—Les quiero mostrar algo que les enseñará muchísimo en la vida.

—Espero que tenga que ver con el truco de cómo llegar a ser millonario sin mucho esfuerzo —dijo Pablo.

—Ay, Pablo, tú siempre buscando billete por donde sea.

—¡Y tú no! Ya, pe Felicia, no te hagas la tercia. Sabes, eres una asesina de ilusiones.

—Precisamente algo parecido a un asesinato es lo que quería enseñarles, muchachos.

—Eso suena interesante, señor Bernardino —recalcó Felicia.

—Vengan acá.

El conde Bernardino puso en funcionamiento un viejo proyector de películas. Lentamente, imágenes congeladas de fotografías vetustas y antiguas de color sepia empezaron a ser rodadas y reflejadas en un percudido *écran*.

—Esta es la historia de la Inquisición en el Perú —empezó a explicar el conde—. Los primeros inquiridores fueron dos señores de nombre Serván Cerezuela y Andrés Bustamante.

—¿Eran asesinos? —preguntó Pablo, dejando entrever su expectativa.

—Se podría decir que sí.

—Ya lo sabía —intervino Felicia.

—Bien, sigamos viendo. A ver... Ahhh... Bueno, la Inquisición comenzó sus acciones en un local alquilado que se ubicaba frente a la iglesia de La Merced, en el actual jirón de La Unión.

—¡Aquí cerquita, pe!

—Así es, Felicia. No van a creer lo que les voy a contar —proseguía explicando el conde mientras una pipa entraba a su boca; inhalaba fuertemente y luego dejaba que el humo que salía de su nariz se desvaneciera—. La Inquisición se dedicaba al control de la población blanca, principalmente los de ascendencia judía.

—Señor, ¿qué es lo que buscaban esos asesinos, ah? —increpó Pablo.

—Que las personas tengan presentes los principios cristianos, tales como el respeto a Dios, a la Iglesia, a la Virgen María, al matrimonio, al estado sacerdotal, al voto de castidad y los principios morales.

—Oe, Pablo, pregúntale a cuántos mataron en la Inquisidoria —le dijo Felicia en el oído a Pablo.

—Escuché tu inquietud, Felicia. Pero no se dice Inquisidoria, sino Inquisición —aclaró el conde Bernardino—. El primer condenado al quemadero fue el francés Mateo Salado, en 1573.

—Ta, qué bien salado fue ese Mateo.

Las carcajadas volvieron a retumbar por el eco que había en la casona.

Cada vez, las imágenes eran más borrosas. Pablo y Felicia miraban, atónitos. El conde se deleitaba con cada fotografía.

—Las supersticiones y prácticas mágicas de los españoles se multiplicaron en contacto con el mundo americano, alimentadas por las de los aborígenes. Generalmente se trató de procesos a mujeres que acudían a la brujería para asuntos sentimentales o encontró el remedio a alguna de las numerosas enfermedades.

—Igual que las gitanas de Paseo de la República —reflexionó Felicia—. Esas brujas asquerosas hubiesen sido quemadas en esa época, ¿no, conde?

—¡Ahhhh! Ta que se salvaron las gitanas, oe.

—Otras personas castigadas, con cierta complacencia, eran los bígamos.

—¿Los qué? —preguntó abruptamente Pablo.

—Bígamos son los que tienen otra mujer, además de su esposa —aclaró el conde—. Recibían algunos azotes o el destierro por seis meses o diez años o el pago de alguna multa.

—Mi viejo ya hubiese mancado en la Inquisición —dijo Pablo, soltando una carcajada.

—Conde, ¿cuándo es que se acabó toda esta Inquiridoría?

—¡Inquisición, Felicia! No es Inquiridoría —dijo, algo molesto, el conde—. La Inquisición fue abolida el 22 de febrero de 1813.

La clase de historia se vio interrumpida por el pedido de comida que ambos menores realizaron. La señora que les abrió la puerta trajo unas galletitas y refresco. Pero eso no era suficiente. Ellos querían comer algo sustancioso.

Querían aprovechar las pocas oportunidades, contadas con los dedos, de comer algo que los que no son pobres comen.

—¡Sí que tienen hambre! —gritó don Bernardino desde la sala mientras preparaba otras fotos desde el proyector.

—¡Conde, su refrigeradora está repleta de cosas ricas!

—¡Sírvanse lo que quieran, pero será mejor que se apresuren! —volvió a gritar—. ¡Ya va a empezar la segunda parte de la película, muchachos!

Ambos agarraron lo que cabía en sus manos y salieron de la cocina.

—¡Esto está delicioso, señor Bernardino! —expresó Felicia. En la mano izquierda tenía varios dulces franceses.

—Ya que están disfrutando de la comida, ¡miren!

—¿Qué es eso? —inquirió Pablo.

—Esta es una vendedora de tisanas, una especie de bebida con pequeños trozos de cáscara de piña o de limón. La tisanera ocupaba la segunda escala de vendedores de refrescos en su época.

—¡Te lo dije, pe Pablo! —gritó, emocionada, Felicia—. ¡Había vendedores ambulantes desde siempre, pe!

—La tisanera se ubicaba en las plazas, plazoletas, mercados y lugares públicos. Al lado de una enorme olla de barro metida en una canasta de caña entretejida.

—¡Felicia, te aseguro que los guardias de seguridad pública de esa época también tomaban ese refresco!

Las carcajadas volvieron una vez más a acaparar el eco y llenar de bulla el silencio de la casona.

Finalizado el encuentro, Pablo y Felicia se despidieron del conde y, por circunstancias de la vida, desaparecieron. Don Bernardino siempre esperaba que volvieran. Nunca más tocaron la puerta de la oscura casona.

Fue después de trece años que, una vez más, Pablo y Felicia se encontraban frente a la casa número 236. Seguía siendo oscura y con olor a madera añeja.

—Oye, Felicia, ¡yo conozco esta casa! —susurró Pablo mientras dejaba ver el enorme cuchillo que tenía en su mano.

—Silencio… ¡Ya está!… sabía que…

—¡Sí, idiota! ¡Es la casa del conde Bernardino! Cállate y pásame el costal. ¡Este es! ¿No es precioso, Pablo? Este es el proyector que nos dará dinero para curar al pequeño Fermín.

—Pero es el proyector del conde Bernardino, Felicia.

— ¡Lo sé, huevón! Si no fueras un drogadicto de mierda y dejaras de comprar en la calle la basura esa que te fumas, no tendríamos que robarle al conde. ¡Pero nuestro hijo necesita seguir viviendo!

—¡Deberíamos llevarnos los candelabros de plata y bronce!

—No, Pablo. Solo el proyector.

En silencio cerraron la puerta de la biblioteca y, en medio de la oscura noche, caminaron hacia la cima del cerro donde viven desde hace mucho y desde donde se ve toda la ciudad de Lima.

Samuel Rivera es periodista, empresario y escritor.

Actualmente es director de Noticias y presentador del noticiero de Mega TV Orlando. Lleva más de 21 años como profesional en la industria del periodismo televisivo en Estados Unidos.

Fue presentador y productor de Noticias Univision Tampa Bay. Su desempeño profesional lo ha llevado a obtener dos Premios Emmy en 2007 y 2009. En 2014 ganó el premio a mejor cobertura de noticias de último minuto, entregado por Colorado Broadcasters Association.

Rivera fue reportero de Telemundo Nueva York durante nueve años y entre sus trabajos periodísticos destacan la cobertura de la noticia del siglo, el atentado terrorista a las Torres Gemelas (World Trade Center), el 11 de septiembre de 2001, así como las elecciones presidenciales de 2004 y 2008, donde Barack Obama se convirtió en el primer presidente afroamericano de Estados Unidos. También las del 2016 que llevaron a la presidencia al multimillonario Donald Trump.

Sombras azules es su segundo libro publicado. En junio de 2019 publicó su primer libro: *¿Dónde está mi otro talento?*, una narrativa motivacional para jóvenes.

Impreso en Estados Unidos
para Casasola LLC
Primera Edición
MMXXI ©

www.ingramcontent.com/pod-product-compliance
Lightning Source LLC
Chambersburg PA
CBHW030345030726
47499CB00003B/903